australian drama series

16

オーストラリア演劇叢書

家畜追いの妻

リア・パーセル

パラマタ・ガールズ

アラーナ・ヴァレンタイン

The Drover's Wife

by Leah Purcell

Parramatta Girls

by Alana Valentine

佐和田敬司 訳 translated by Keiji Sawada

オセアニア出版社

目次

家畜追いの妻

リア・パーセル

「いまこそ我々の子供らが自分たちの国のことをもう少し教えられて良いときだ。」ヘンリー・ローソン一八九三年・・・ニューサウスウェールズ州南部、アルパイン・カントリー。

舞台のためのオーストラリア流西部劇

登場人物

家畜追いの妻（モリー）、四〇歳
ヤダカ（黒人）、三八～四五歳
ダニー、一四歳
トマス・マクニーリ、六〇歳、浮浪人
ドナルド・マーチャント、三五～四〇歳、行商人
スペンサー・レズリー、三〇～三五歳、騎馬警官
ロバート・パーセン、四五～五〇歳、牧夫
ジョン・マクファーレン、二五歳、牧夫

舞台

二間の掘っ立て小屋、スノーウィー・マウンテンズの、アルパイン・カントリーの叢林地。
舞台中央に、薪割り台がある。斧が深く刺してある。

一場

照明がパッとつく。

夕方近く。

家畜追いの妻は、相当な身重でありながら、酷い怪我を負い地面に寝そべっているアボリジナルの男ヤダカに、マルティニ・ヘンリー単発ライフル銃の狙いを定める。

家畜追いの妻　動くな、この黒人め！

彼は動かない。

あぁ、違う。ここで死ぬな！起きて立ち去れ！

一拍。

起きろ。消えろ。

彼は動かない。

彼女は破れてボロボロの彼のシャツを、ライフルで持ち上げる。その腰には、膿み爛れた刺し傷がある。

（つぶやいて）これは。

一拍。

彼女は陣痛に顔をゆがめる。何度か深呼吸をして、発作をコントロールする。

駄目だよ今は。

（自分の腹に）あと数日だから。言っただろ。

彼女はヤダカの方を見る。

今は駄目。

彼女は何か思い立ち、見回す。

（大きなささやき声で）アリゲーター？

アリゲーター！

犬は走ってこない。

犬畜生。

物音がして、彼女は振り返り、浮浪人のトマス・マクニーリを見る。

マクニーリ　いつも俺はそう呼ばれてててね。済まんなあ、あんたが呼んだ犬でなくて。

彼女はライフルで彼を狙う。彼は素早くヤダカを見る。

死んでんのかい？

家畜追いの妻　用件言わないとあんたが死ぬよ、乞食。

マクニーリ　トマス・マクニーリです、奥様。

家畜追いの妻　奥様じゃない、ただの家畜追いの妻だ。用件を言いな。

マクニーリ　あんたが賞金を手に入れたかもしれねえってことだよ。

家畜追いの妻　何の話だい？

マクニーリ　悪党さ、逃亡中の。罪を犯したんだ。殺しだよ、殺し。人殺し。それがすぐ目の前に。

家畜追いの妻　殺し？誰を？

マクニーリ　奥様、あんたどこに居なすった？

家畜追いの妻　どうでも良いだろう。誰、殺しって？

マクニーリ　このあたりは警戒中だよ、騎馬警官が四六時中うろうろしてる。

家畜追いの妻　誰が殺された？

マクニーリ　白人の女さ、あんたみたいな。女一人と子供ら。マウンテン・カントリーで。

家畜追いの妻　誰？！

マクニーリ　ウラ・ホスナグルってご婦人と、その子供ら。二日ほど前のことだ。この山の、反対側で。

家畜追いの妻はこれに驚く。

クロンボだよ。野蛮で未開のアボ、そいつみてえな。そいつかもしれねえ。首輪をはめてやがる。

おっかねえ。犯されて、首絞められて、坊らはカマ掘られて、嬢ちゃんは溺れ死に・・・命の光が消えてったってよ、悲しげな、サファイアブルーの瞳から・・・

聞いたのはここまで。人はもっと詳しい話をしてるがね。俺は血を見ただけで卒倒しちまうタチから。

白昼堂々、不敵な野郎だ。あんな幼い子供らを。思い出してね、あんたんとこの嬢ちゃん、えらく可愛らしいから。

彼女は歩み寄る。ライフルを強く握り。

家畜追いの妻　うちの子供らのこと、知ってるのか？

マクニーリ　まあ、奥様——

家畜追いの妻　うちの子供ら？知ってんのかい、うちの子供らのことを！

マクニーリ　まあ、ご存じのあの山道を、俺たちは歩いてる。だけどこのあたりからは、誰が来るかわかりゃしねえ。後ろは山、前は木が生い茂ってて。俺も、一度もここを通りがかったことがねえと言ったら、嘘になる。遠くから、見てたのさ。そんだけ。本当でさぁ、おかみさん。

家畜追いの妻　まったく信用できないね。

彼女はライフルで、彼に立ち去れと示唆する。

マクニーリ　食べ物が欲しいんで。あと、少しあったまれる寝床が。

家畜追いの妻　こっちは身重なんだよ、それにうちのジョーも、出かけてるけど、そろそろ戻ってくる頃だ。

マクニーリ　ただ休むだけでさぁ、奥様。それ以上は望まねえ、約束するよ。

一拍。

家畜追いの妻　あたしは最近、殺したんだよ——

マクニーリ　見やした。

家畜追いの妻　なにを？

マクニーリ　あの牛。家の前の。そのスノーガムの木の脇。ハエと鳥どもは大喜びだ。死臭が立ちこめてやがる。俺が代わりに埋めてやっても良いよ。

彼女は、彼がもっと何か見たのではないかと訝る。

家畜追いの妻　・・・食べ物はすこし用意するから、さっさと行くんだよ。そろそろうちのジョーが戻ってくる。

彼女は彼を見る、それはまるで彼女がなにか反応を欲しているかのようだ。

あんた、うちの人が追ってる群れを見たかもしれないね——羊の。あんたはどっちから来たんだい？川を下って低い土地に沿って草を食べさせて、戻ってくることになってるんだよ、市場に出す前に。あぁ、西に向かって半日歩けば、抱ける女と暖かい寝床が見つかるよ。

マクニーリ　一銭もねえんでさぁ。

家畜追いの妻　まあなんとかなるよ。

彼女は背を向け中に入る。彼がこっちに来る足音が聞こえる。彼女は振り返る。ライフルはまっすぐ彼に向けられている。

動いたら、腹に弾丸ぶち込んで、喉かき切って、血抜きをしてやる。

強い陣痛。

マクニーリ　間違いねえ。その銃はマルティニ・ヘンリーだね？一発必中の。あの黒人に使ったのかね？

痛みが続く。マクニーリは彼女の両の手からライフルを引き剥がす。

装填する暇はなかったんじゃねえのか。

彼はそれを調べ、装填されていると分かる。

すまねえ。用が済んだら返すよ。あいつにはこれが必要だろう？俺たち。

一拍。

賞金あるかもしれねえよ？六分四分。

一拍

七分半と二分半？

家畜追いの妻　食べたらここから出てって。

彼女が中に向かうとき

マクニーリ　流し込むのに、ウィスキーを一滴、頼むよ。

家畜追いの妻　ここに酒はないよ。

彼女は退場する。

彼はヤダカの方を見る。片足で突く。ヤダカは反応しない。マクニーリはあたりを調べる。

マクニーリ　（叫んで）ここらで必要なことがいくつかあるだろう。薪を積んでおかなくちゃならねえ。そこの地面も平たくならしとかねえと、下に蛇でも入ったら大変だし。

家畜追いの妻　（叫び返して）やるから。ジョーが帰って来るし。

マクニーリ　（独り言）もうまもなく・・・てか。

マクニーリはひとり微笑む。彼は切り株の上に座る。

家畜追いの妻は彼に水を持ってくる。彼はライフルを膝に乗せる。彼女は彼から距離を取って立ち、カップを差し出す。

いま座ったばかりだ。

彼は近くに来るよう彼女を招く。

彼女はためらい、それから近づく。彼は彼女の手首を取る。

家畜追いの妻　ねえ旦那、もう生まれそうなんだよ。

彼はカップを取り、それを置く。膝からライフルを手に取りながら・・・

マクニーリ　ますます面白れえ。

彼女は彼の股を突く。

彼はライフルを落とす。それは暴発する。

彼は彼女を殴る。彼女を投げ飛ばす。

一方、ヤダカはなんとか立ち上がっている。彼は片手に、下に隠していた斧を持っている。

マクニーリは自分の腿を掴む。家畜追いの妻はバタンとうつ伏せに倒れる。

ヤダカは消耗し痛みを抱えているが、マクニーリに突進する。彼の斧は、マクニーリを外れて薪割り台に振り下ろされる。彼は台からあわてて飛び退く。斧は薪割り台に深く突き刺さっている。

家畜追いの妻は激しい痛みに、腹を掴んでいる。

ヤダカは斧を抜こうとするが、マクニーリは彼の元に来て、彼の胴を掴み、指を彼の腰の傷に食い込ませる。

ヤダカは痛みに叫びを上げ、崩れ落ち、彼が倒れるときに斧も抜ける。

家畜追いの妻は何とかライフルを掴むが、弾丸を下に落として装填に失敗する。彼女は地面を探す。

マクニーリはびっこをひきながら、逃げる。

ヤダカは追跡を諦める。彼は深呼吸し、痛みをコントロールしようとする。

また陣痛が起き、家畜追いの妻は地面に再び崩れ落ちる。

ヤダカは彼女を見る。彼は斧を手に立ち上がり、よろめきながら彼女の方へ行く。

彼女は、顔に恐怖を浮かべて、彼が来るのを見る。彼女は縮こまり、丸くなり、両腕を頭に置いて、守りの体勢になる。それは明らかに彼女が日頃身体的虐待を受けていることを示している。

家畜追いの妻　（硬直したように）お願い、子供らが居るのよ！

これでヤダカはその場に立ち止まる。彼は彼女を傷つけるつもりはない。

家畜追いの妻は、次に来る衝撃を予期して体をこわばらせる。

一拍。

彼女は見上げる。

彼は斧を下ろし、それを薪割り台に深く刺す。

あっちいって。

彼はそうする。首輪を動かしながら。それが鎖骨をこすっている。

彼女は立とうとする。

ここから離れた方が良い。

ヤダカは彼女を支えに行く。彼女は彼にライフルを向ける。

黒い汚い手で触るな。

下がれ。

もっと。

彼はそうする。彼は弾丸を踏む。彼はそれを彼女に手渡す。彼に狙いを定めながら、彼女は装填する。

あまり頭が良くないようだね。

ヤダカ　分かっていて、こうした。

一拍。

家畜追いの妻　学校行ったことあるの？

ヤダカ　すこし。

家畜追いの妻　ハハ、教育受けた黒人か、いっそう危ない。

一拍。

説明しな。さもないとこの弾丸で死ぬよ、いま、ここで。

ヤダカ　カントリーを歩いていたら・・・殺しの疑いをかけられた。やってないのに。逮捕されて、首輪を嵌められた。お前は吊される、間違いないと、警官に言われて。
・・・逃げた。
家畜追いの妻　殺したの？

ヤダカ　あんたに危害は加えない。

家畜追いの妻　信じろって？

ヤダカ　信じる理由がないか。

一拍。

首輪をどうにかしてくれないか。そうしたら消える。

家畜追いの妻　そんなことはしないよ。首輪は政府の持ち物だ。あんたもそうだ。

ヤダカ　違う。

一拍。

ちょうどそのとき、破水する。

家畜追いの妻　あぁ、神様。

彼女はスカートをたくし上げる、足に濡れた布片。

ヤダカは彼女を助けに行く。

構うな！行け！

彼女は深いうめきを吐き出す。

大きな陣痛、そのとき両足の間になにか感じる。

あぁ、神様、だめ、足が！

大きな陣痛。

ヤダカ　（心配して）手を貸すから。

家畜追いの妻　（短い息をしながら）白人の女が・・・黒人の男に触

れさせるなんて・・・ありえない・・・一人で産ませて・・・

また陣痛が襲う。

ヤダカ　頼むよ！赤ん坊を死なせたくないだろう。

家畜追いの妻　（ひどい痛みのなか）いちかばちか、やってみるぅぅぅ！

ヤダカ　あんた死ぬぞ。ほかの子供らも。

大きな痛みの中でも、彼女は彼にライフルを向けている。

家畜追いの妻　（あえぎながら）なんで子供らのことを知ってる？！

家畜追いの妻はその間ずっと陣痛をそのままにしようとしている、そのとき、痛みは耐えがたくなっている。

ヤダカ　何もしないよ子供らに。川で見たんだ、ロバに水を飲ませてるとき。

彼女は彼に歩み寄る。引き金に指をかけ、まっすぐ彼の頭を狙いながら。

一番上の男の子、ダニーだろ？他の子供らにウォーカバウトの話をしてた。赤ん坊が生まれるまで、子供らはミス・シャーリーのところに行くんだって。

賢い子だ。

家畜追いの妻　（あえぎながら）あの子はいつもお喋りなんだ。

最大の陣痛。彼女は泣き叫ぶ。何かがおかしいことに気がついている。

（あえぎながら）お湯・・・中、右側にきれいなシーツ・・・台所のテーブルの上のものをどかして。

また陣痛。ヤダカは手を差し伸べ助けようと駆け寄る。彼女は信じられない。ついに彼女は彼の手を取る。彼は彼女を受け止める。二人は中へ向かう。

出産の間に夕暮れが夜になる。安産ではない。

夜が訪れる・・・・

二場

早朝、夜が明ける寸前（二日目）。

ようやく、ヤダカが現れる、両手とシャツは血まみれ。消耗し、地面に体を下ろし、眠る。

時が過ぎ、午後三時頃になる。

家畜追いの妻が、ライフルを手に出てきて、それを彼に向けながら、近づく。

ヤダカは目覚めており、ライフルを見る。ゆっくりと起き上がるが、まだ傷が痛む。彼は首輪の位置を変える。

一拍。

家畜追いの妻　あんたに救って貰ったね、あたしの命。
ヤダカ　別にそれはいい。
一拍。

家畜追いの妻　ここじゃあ命はこんなもの。すべては賭けさ。残念だったな、おかみさん。
一拍。

うちの斧で何するつもりだった？
ヤダカ　この首輪を。外そうと。
家畜追いの妻　うちの家に向かっていただろ。
ヤダカ　食べ物を。
家畜追いの妻　危険を冒してまでか。
ヤダカ　食べ物が欲しい。何日も食ってない。この傷で。こいつを嵌められて。
彼は首輪を指す。

家畜追いの妻　あたしが独りと知ってただろう。

もう力尽きて。あんたが来るのが聞こえたけど。そこに倒れてた。撃たないでくれって、念じながら。

彼は気まずく、目をそらす。

ここからすぐに――［出て行って］
ヤダカ　あの子を埋めるよ。俺に出来るのはそれだけだ。
家畜追いの妻　別にあたしに義理はないだろう。
ヤダカ　それがまっとうなことだからさ。
家畜追いの妻　きっとあの浮浪人は、今頃町に向かってるね。
ヤダカ　だろうな、あれがまともな人間ならば。
家畜追いの妻　あいつは賞金を欲しがってた。二日もすれば警官がここに来るよ。
ヤダカ　びっこをひいていたから、もうちょっとかかるかも。
家畜追いの妻　もうこっちに向かってるかも。
一拍。

ヤダカ　話していたあの殺しは、ここから遠いところか？ホスナグル家？

家畜追いの妻　ウラ・ホスナグル夫人。この山の反対側。馬で一日だね、この土地を知ってるなら。知らなきゃもっとかかる。あんたには好都合か。

一拍。

やましい人間は質問が多い。

ヤダカ　黒人はたくさん質問をするものだ。尋問はやめてくれよ、おかみさん。

家畜追いの妻　無実だって言うんだね。

ヤダカ　奴らは聴く耳を持たない。

一拍。

家畜追いの妻　体を洗いなよ。

ヤダカ　まずあの子を埋めるんじゃ？

家畜追いの妻　いいや。あの子と少しだけ過ごさせて。さよならを言うから。

ヤダカ　それが良い、おかみさん。当然のことだ。

ヤダカは水樽のところへ行き、ぼろ切れで体を洗う。

家畜追いの妻　ある黒人の婆さんから、前に言われたよ。「死んだ人に、泣き叫んだって良いんだよ」ってね。

一拍。

もう何年も、あの黒人たちは帰ってこないね。

ヤダカ　フェンスが立って、クニからクニへわたっていくのが難しくなった、それに見つかると白人に撃たれる。

家畜追いの妻　じゃあ、あんたは運が良いんだ。うちのジョーが居たら、こうは行かない。

ヤダカ　確かに。

ぎこちない沈黙。

同じ肌だ。

家畜追いの妻　なに？

ヤダカ　あんたが話した、黒人の婆さん、同じ仲間。同じ肌。

家畜追いの妻　あんたより黒かったよ。

ヤダカ　肌というのは家族のこと。ここが誰のクニなのか、俺は知ってる。ここで誰が暮らしていけるのか。俺が養子になった一族、ナンブリ・ワルガル。

家畜追いの妻　どういうこと？

ヤダカ　俺はここの出身じゃない。養子だ。北へ。故郷へ行こうとしている。俺はメルボルンで一人になった。

家畜追いの妻　メルボルン？

ヤダカ　サーカスと一緒に旅をしてた。

彼女はクスリと笑う。

家畜追いの妻　今度はあたしをかつごうっていうのかい。

ヤダカ　いや、そうじゃない。南アフリカのサーカス団、「フィリス・サーカス」。俺は馬や熊の扱いがうまかった。サーカス団は、グウグ・イミシルという俺の故郷、熱帯雨林と色のついた砂のクニを皮切りに、巡業を始めた。海岸沿いをずっと南へ。
俺は荒れる海で熊をなだめた。見に来る子供らに優しくしてやった。
家畜追いの妻　あたしらが見た、サーカスに近いものは、町の市日だね。その日はずっと大きなファンファーレが鳴り響いて、夜には酔っ払った道化たちが出てくるんだ。

二人の意気は通じ合う。

ヤダカ　サーカスと一緒に居たのは、二年間。そのあと俺は、こん・・・こん—き—
家畜追いの妻　困窮。
ヤダカ　最初に逮捕されたのはあの頃だ。困窮してしまって。刑務所で、死にかけた、寒くて、着るものもなくて、そしたら教会の、マシュー神父が、助けてくれた。外に出してくれて、服を着せて、白人の名前をくれた、使ってないけど。
神父は俺を、西の、ミッションに連れて行き・・・読み書き、チューバの吹き方を教えてくれた。

家畜追いの妻はチューバの話に関心を持つ。

でもそこにいて、マシュー神父から神様の話を聞いていても、俺の故郷は近くならなかった。
俺は出て行った。影の中へ紛れ込み、自分自身のウォーカバウトの旅に出た。

山の尾根、大分水嶺を辿れば。クィーンズランドの俺の故郷へたどり着けるはずだ。
家畜追いの妻。遠いよ。うちのジョーがそこまで家畜追いをしてる。
ヤダカ　山の尾根を辿っていたとき、ほかの部族に出会った。彼らと一緒に、大きな蛾、ボゴン・モスを追って、スノーウィー・マウンテンズへ来た、ウリアラへ。そこで食って・・・踊って・・・
家畜追いの妻　祭のようなものだね。
ヤダカ　ああ。そしてある晩、美しい女に出会った・・・肌はボゴン・モスの油で、満月のように輝いて・・・その人が踊ると・・・川の岩をさらさらと流れる水のように軽やかで・・・

家畜追いの妻は、彼の話に少し気分を害する。彼はそれを見てとるが、続ける。

その人にふさわしい肌になるためには、一緒になるためには、養子にならなくてはならず。
だから俺はナンブリ・ワルガルの男になって。そこにおさまることになった。
家畜追いの妻　それはみんないつのこと？
ヤダカ　サーカスと一緒の旅を始める二年前に俺は・・・何て言うんだ・・・男になる、通り過ぎる・・・言葉が出て来ない・・・
家畜追いの妻　儀式みたいなの？
ヤダカ　そう、男になる儀式。ちょうど、あんたの一番上の息子と同じぐらいの歳だ。
家畜追いの妻　あの子はこないだ誕生日だったんだよ。三ヶ月前。じゃあ・・・サーカスに加わったとき、あんたはもう子供じゃなかったんだね？

彼は頷く。

家畜追いの妻　で、それからずっと、故郷に帰ろうとしてるんだ？
ヤダカ　ああ。
家畜追いの妻　まあ、引き留めるつもりはないよ。あの子さえ埋めてやったら――
ヤダカ　心を癒やす時間が要るだろう。木を切ってやる。あの枯れ木も、気づく間もなく取り払う。そこらへん地慣らしをして。薪も割って積み上げてやる。
家畜追いの妻　薪の積み上げについちゃ、誰も信用できないね。前に黒人にやらせたことがあったけど、中をスカスカに積まれて、下に蛇が住み着いたんだよ！あの晩は地獄だった。うちの中に入り込んできたから、子供らを食卓の上に避難させて。蛇が出てくるのを待って、一晩中起きて見張ってた。ようやく蛇が出てきて。ぶっ叩こうとしたら、丁度うちの犬が目の前に出てきて、犬の鼻ぶん殴っちゃって。

彼女は見回す。

（呼んで）アリゲーター？アリゲーター！あの老いぼれ犬。老いぼれのくせに強くてね。蛇を捕まえて、振り回して、胴体折っちゃってさ。

ぎこちない間。彼女は二人の間の会話にある気安さに驚いている。

この破れてひらひらしたの、もううんざり。なんか食べるものをつくるね。きれいなシャツ持ってきてやろうか。そいつは埋めちまいな。
裏へ回って。人目に触れないのが一番だ。
ありがとう、あの浮浪人から、助けてくれて。
だけど逆らったら、殺すよ。その場で射殺して、倒れたところに埋めてやるからね。
ヤダカ　わかった、ボス。
家畜追いの妻　ボスは亭主だよ。あたしは家畜追いの妻。
ヤダカ　俺はグウグ・イミシルのヤダカ。ナンブリ・ワンガルの養子だ。

彼は手を差し出す。彼女はその手を握らない。

家畜追いの妻　ジョー・ジョンソン夫人。

彼女は彼に去るように示唆する。彼は背を向ける。
彼女は彼が行くのを見つめる。そして中に入る。

昼下がりが夕方近くになる（一日目の）。

三場

家畜追いの妻の一四歳の息子ダニーが、馬ろく、鞍、自分の雑嚢をもって現れる。彼はそれらを下に置く。

ダニー　アリゲーター！アリゲーター！

彼は犬を探して見回す。

アリゲーター！馬鹿犬！居ないのか？

彼は舞台袖の、薪の山の方を見る。

アリゲーター？

ヤダカが登場。ダニーは振り向き彼を見る。ヤダカはきれいなシャツを着ている。

ヤダカ　大丈夫だよ、ボス。

ダニー　母さん！

家畜追いの妻が登場。ダニーは彼女の方へ行く。

家畜追いの妻　この人・・・黒人。

ヤダカ　グウグ・イミシルのヤダカ。ナンブリ・ワンガルの養子だ。

ぎこちない一拍。

ダニー　ダニー。

家畜追いの妻　この人が、薪を割るのを手伝ってくれる。

彼女は斧を手渡す。

さっき言ったこと覚えときな。あたしは二言のない女だよ。

彼女はヤダカが立ち去るのを見つめる。

弟たちとデルファイを、ちゃんとマクギネス神父の家に連れて行ったのかい？

ダニー　ジョー・ジュニアとヘンリー・ジェームズは行儀良くしてた？

マクギネス神父は俺が帰る前に、もうお産のためのお祈りを始めてたと思うけど、ヘンリー・ジェームズとジョー・ジュニアがけんか始めちゃって、ミス・シャーリーが―

家畜追いの妻　マクギネス夫人と呼ばなくちゃ。

ダニー　自分で言ってたよ、ミス・シャーリーと呼べって。

家畜追いの妻　ダニエル。

ダニー　マクギネス夫人は、あの追加の肉、感謝してた。赤ん坊が生まれるまで、喜んで子供たちの面倒をみるって。

彼は彼女の腹に気がつく。

ここに居るよね！

彼は自分の雑嚢のところへ駆けていく。茶色い紙とひもで包まれた柔らかい包みを取り出す。

デルファイは「デイジー」が良いって言って。俺たち男は、母さんと同じ、「モリー」が良いって。

ミス・シャーリーは夏のあいだ中、編み物をしてくれたって。赤ちゃん靴とジャケット、きれいな黄色の奴。
デイジーとデルファイの同時洗礼のこと、なんか言ってた。

彼は彼女に包みを手渡す。

二人いっぺんにって、マクギネス神父は思ってるみたい。
家畜追いの妻　あの子は駄目だったよ。
ダニー　どういうこと?
家畜追いの妻　チビっこいの、死んじゃった。

間。

死はね、人生の一部なんだよ、ダニー。人によっては、早く来るだけ。あたしらはいつが良いなんて言えないの。
さあ、さよならを言いに行こう。

二人は中へ向かう。

どうして女の子だと知ってたの?ダニー。
ダニー　知らないよ。ただ、妹が欲しいって祈ってた。
家畜追いの妻　デイジー・モリー・ジョンソンか。素敵な名前だね。

ダニーは中へ入る。

家畜追いの妻はスコットランドの哀歌「Black is the Colour of My True Love's Hair」を歌う。

家畜追いの妻　（歌って）
黒い髪の　愛しい人よ
面差しの　麗しさよ
無垢な微笑み　やわらかな手
踏みしめた土も　愛おしい
踏みしめた土も　愛おしい

いざさらば　愛しい人よ
祈り捧げよう　健やかにと
いつの日にか　また二人で
暮らせる時を　夢に見て

ダニーは棺を持ち上げる。彼とヤダカは退場。

家畜追いの妻　（歌って）
いつの日にか　また二人で
暮らせる時を　夢に見て

歌は転換に必要なだけ繰り返され・・・

夕方近くが夜になる（一日目の）。

四場

その夜は秋らしく、静かで清々しい。

ダニーは母のショールを持って出てくる。彼女はベンチに座って、ジョーの古いカーディガンを繕っている。彼女は「Black is the Colour of My True Love's Hair」を静かに口ずさんでいる。

ダニーは座るが、すぐに、ヤダカを凝視する。ヤダカは地面に座り、スペアの鏃のために一本の骨を加工している。

とても家庭的で穏やかなひととき。

家畜追いの妻は歌い終える。ダニーが手を叩き、それにヤダカも加わる。

家畜追いの妻　（おどけて）おだてないの。
ダニー　いまの大好きだよ、母さん、大好きな歌。
家畜追いの妻　（はにかんで）やめて—
ヤダカ　歌がうまいね、おかみさん。
家畜追いの妻　やめてよ、二人とも。

みなは打ち解けている。

お前のじいちゃんの好きな歌だった。仕事しているときも。食事の時も歌ってた、きっと、寝てる間もだよ。

ダニーはクスクス笑う。

寝ると言えば、お前ももう。
ダニー　ああ。
家畜追いの妻　今日は大変な一日だったね、ダニー。
ダニー　お話をして、母さん、お願い。雄牛の話は？ヤダカも聞きたいよきっと。
家畜追いの妻　ダニー・・・

彼は母に満面の笑み。

ダニー　おねがいー。

一拍。

家畜追いの妻　あれは午後だったね、一週間以上前のこと。アリゲーターを呼びに外に出たとき。まだドアから鼻先も出ないという瞬間に・・・なんと・・・でっかい、野生の、雄牛と出くわした。固まったよ、あたしも、向こうも。相手がどう出てくるのか分からず。運良く、あんたら子供はみんな中か、裏庭に居たから、おもてから家に入ってくることはないはずだ。さっと庭を見ても、アリゲーターも居ない、よし。もし居たらアリゲーターは真っ二つにされてたかもしれない、角だって両腕を広げた幅ほどもある。うちの犬は年寄りだけど忠実で、勇敢な番犬だからね。

ダニーは同意する。ヤダカはその話に引き込まれる。

それで、あたしは半分だけ開いたドアから、動かずに居た、ハアハア息の上がった野獣と睨み合ったまま。
ダニーは、土間に座ってた。その日大人や子供や犬が歩いて芝を引き込んだ土間に。
「ダニー?」あたしは囁いた。
「ダニー」。

ヤダカはクスリと笑う。彼女は彼の方を見る。

この子は、単語の練習に気を取られてる。
ついに、「ダニエル!」
「銃。早く。ゆっくり。」
そしたらムッとした顔を上げて—
ダニー　だってあと少しで単語をひとつ書けそうだったんだもん。
家畜追いの妻　お前はゆっくりと立ち上がり、マルティニ・ヘンリーを掴んで。もう今はお前の背丈の方が長いだろう、ひょろひょろ伸びたから!それを、あたしに手渡してくれて—
ダニー　そーっとね。
家畜追いの妻　(ヤダカに)銃はいつも装填してる。
ダニー　(ヤダカに)オモチャじゃないんだよ。

彼女はダニーのために実演する。

家畜追いの妻　ドアの枠をなぞりながら、ゆっくりと銃身を持ち上げる。
子供たちの笑い声が、あたしの右手に移りつつあった。

ヤダカは立ち上がる。彼女は彼の唐突な動きを恐れて、ライフルを彼に向ける。しかし彼はとても上手に、雄牛の真似をし始める。

雄牛は顔を上げ、子供たちを見て、足を踏みならす。あたしはドアから一歩前に出て、奴の注意を自分に引き戻す。獣の両まなこの間に狙いをさだめながら・・・どっちかが必ず死ぬ!

ダニーはヤダカの物真似にすっかり魅了される。

また足踏みだ、嬉しさのあまり、獣の本能がむき出しになってる。片目をつむり、もう片方を標的に固定して・・・息を整える。獣は鼻息荒くいななく・・・子供らはいまや、黙りこくってじっとしてる・・・そして時が止まった・・・
渾身の一撃・・・
両まなこの間にひとしずくの血が流れ、胴体が崩れ落ち・・・
ダニー　死んだ。

ヤダカは崩れ落ちる。彼女は恐怖で飛び上がる。彼女は腰を下ろす。かすかな不安が彼女を捉えている。
ダニーは激しく賞賛する。

わあ、ヤダカってすごくない?母さん。
家畜追いの妻　もういいだろ、ダニエル。

ヤダカは首輪のあたりを擦る。倒れたときにそれが彼を傷つけたのだ。血。彼は自分のズボンで手を拭う。

家畜追いの妻　おやすみ、ダニー。

ダニーは母におやすみのキスをする。

ダニー　おやすみ、母さん。

彼は中に入ろうとするが、気が変わり、ヤダカの方へ向かう。

家畜追いの妻　ダニエル！

彼は彼女の声を無視する。

ダニー　おやすみ、ヤダカ。

ヤダカ　おやすみ、ダニー。

ダニーは家の中に消える。ヤダカはまた首輪の位置を変える。

驚かすつもりはなかった。それでおしまいか？おかみさん。その話は。

一拍。

家畜追いの妻　今日はもう疲れたよ。

彼女は家へ向かって歩き出し、立ち止まってヤダカが首輪を動かしているのを見る。痛むのだ。彼女は仕事台のところへ行き、道具を一つ取り、それをヤダカに手渡す。

たぶんこれではずせる。

ヤダカ　手を貸して欲しい。

二人は薪割り台のところへいく。彼は跪き、その上に首輪を載せる。彼女は斧頭でその道具を打とうとするが、彼は彼女の腕を取る。

信じてる。

家畜追いの妻　あたしも自分にその台詞が言えたらね。

彼女は打とうとするが、止まる。二箇所で試し打ちをしてみる。大きく振りかぶり・・・

ヤダカ　射撃の名手のおかみさんに余計なことは言いたくない、だから悔いの残らないようにしてくれ。

家畜追いの妻　喋るんじゃない、さもないと、そいつで喉を締め上げるよ。

大きな一撃、そして首輪は外れる。ヤダカは自由になって立ち上がる。

ヤダカ　ありがとう、おかみさん。

彼は首輪を掲げる。

ありがとう。

家畜追いの妻　おやすみ、黒人。

彼女は斧を薪割り台にたたき込む。
彼は背を向けて行く。彼女は掃くためにさっと箒をとる。

火で明るくしてやりたいけど、人目につく。
その首輪は、深く埋めてしまいな。

彼女はその日に出来た足跡を履き消し続ける。彼はしばらく彼女を見て、それから退場する。

彼女は掃きながら、小屋の入り口に戻ってくる。
夜は早朝になっている（二日目）。

彼女は中へ入る。

五場

ヤダカとダニーはシャツを脱いで登場。二人とも最後に残った丸太を運んでいる。

ダニー　最後だね。母さん喜ぶよ。日の出からずっと、木を一本切り倒して、材木を引きずってさ。おなかがすいたよ、あの雄牛のランプ肉を全部一人で食べられそうだ。

二人は打ち解けている。しかしヤダカは今の仕事にも一生懸命だ。二人は立ち止まり、水を一杯飲む。

ヤダカの背中いっぱいに、むち打たれた傷が見える。

休みを取る間、ダニーはヤダカを間近に見る。

聞こうと思ってたんだけど・・・その傷。ヤダカは悪い人なの？

一拍。

ヤダカ　ジョー・ジュニアと同じ歳ぐらいの時だ。
ダニー　え・・・
ヤダカ　ある男のところで仕事をして・・・俺が砂金を盗んだと言われた。その男は飲み過ぎて、自分で隠した場所を忘れてたんだ。

ダニーは近くに来ると、ズボンの上部を下ろす。腰に、古いベルトの留め金で打たれて出来た傷あとがある。

冗談じゃない。

ダニー　俺も、酔っ払った父さんのこと、避けてた。酔っ払って、「発狂した」とき。母さんは「発狂」って呼んでる。父さんはひどいがに股なんだ、小さい頃足を折って、ちゃんと直さなかったから。父さんの父さんのせいだと母さんはふんでるけど。まあとにかく、父さんはうまく走れなくて、で、俺を、ベルトを鞭にして打つんだ、留め金のところで。父さんに悪気はないんだけど。

気まずい一拍。ダニーは慌てて話題を変える。

置いてあるあの槍、でかいね。
ヤダカ　槍？
ダニー　ヤダカが家に持ってくるのを見た、デイジーを埋めた後…この丸太を割る前に、投げ方を教えてくれない？
ヤダカ　オモチャじゃないぞ。
ダニー　何も言わないから・・・

ヤダカは薪の山へ丸太を取りにいく。

ダニーは少ししゅんとする。彼はシャツを着る。

ダニー　アリゲーター？アリゲーター！おいで。

彼は口笛を吹く。しかし犬は来ない。

（心配し）おい、帰ってこい。

ヤダカ（シャツを着ている）が斧と、新しく作った槍を持って登場する。それは三本のうちの、小さいものだ。彼はそれをダニーに差し出す。ダニーは駆けつけてそれを取る。驚いた目でじっとそれを見る。

（槍の先を指して）これはなにに使うの？
ヤダカ　狩猟。食料。
ダニー　あとの二本の大きい奴は？
ヤダカ　防御。
ダニー　じゃあ何か殺せるの？
ヤダカ　他の二本の先にある〈かえし〉は、抜こうとすると中を切り裂く。

ヤダカは砥石を探す。ダニーは彼を見つめる。彼は自分が手にしている槍に注意を払っている。ヤダカは腰が痛む。ぼろ切れを取り、それに水を注ぎ、傷に当てるように叩く。

ダニーは槍を隠す。

ダニー　どうして自分で痛いことするの？
ヤダカ　質問が多いな、ダニーは。
ダニー　ああ、母さんにも言われる。でも聞かなきゃ分からないだろ。
ヤダカ　ダニーは聞かれた質問に全部答えるのか？
ダニー　うん。喋るの好きだし。ここじゃあ、喋ることもあんまりないし。
ヤダカ　お父さんはいつ戻ると思う？

ダニーは面食らう。

ダニー　え？

ヤダカ　ダニーのお父さん。いつ帰ってくる。

ダニー　えー・・・すぐだよ。えっと・・・、三ヶ月になるし。きっと・・・もう帰ってくるよ。

ダニーは少し不安げになる。家畜追いの妻が登場する。

家畜追いの妻　ダニー、今日は弟と妹を連れて帰って。朝食の後、出発しな。

ダニー　戻ってきたばっかりだよ、母さん。

家畜追いの妻　なんだって、ダニエル・ジョンソン。ぶっ叩くよ！　帰りに、ウィリアムさんのとこで野菜を貰うんだよ。うちの塩漬け肉と交換で。

あの牛の革もまた伸ばしておいて。

あたしはお墓に行って。しばらく過ごして。朝食に戻ってくるから。

（ヤダカに）あんた。そこの丸太を割っといて。

彼女は薪の山の方を見る。

そこに積み重ねなくても良い。すぐに雪が降る。あたしが、雨よけの下にもう一山こしらえるから。

ヤダカ　蛇は。

家畜追いの妻　この際どうでも良い。

彼女は去る。ダニーはまだ不安げである。

ヤダカは仕事台に戻って、砥石を探す。

ダニー　革の鞘を作るのにどれぐらいかかると思う？

ヤダカ　そんなでかい雄牛は、乾くのにあと一週間。柔らかくなるのは・・・でもそんなのを倒すとは、お前のお母さんは名人だな。

ダニー　そうだよ。

ヤダカ　俺も気をつけよう。

ダニー　それが身のためだよ。

二人の意気は合う。

ヤダカは砥石をぬらし、斧を研ぎ始める。

俺はあの革、ブーツにしたいなぁ。

ヤダカ　雪の上は冷たいもんな。

ダニーはヤダカの裸足を見る。

ダニー　冬はどうしてるの？

ヤダカ　スノー・カントリーから出来るだけ離れる。ウォーカバウトに出かける。枯れ葉が落ち始める直前に。

ダニー　秋か。

一拍。

子供いるの？

ヤダカ　いた。

ダニー　どこにいるの？

一拍。

ヤダカ　あの槍で、魚採り用の穂先の作り方を教えてやるよ。三つ叉の。
ダニー　貰えるの？
ヤダカ　ちゃんとした投げ方と、弟妹には向けないってこと、お前が分かったらな。

ヤダカはその槍を取り、やり投げの技術を実演するために、槍の踊りのまねを始める。彼は歌を口ずさみ始める。踊りがよりアグレッシブになる。

・・・Dumburr gor galga thambourra!

ヤダカは槍を高く掲げ、ポーズを決める。ダニーは感銘を受ける。

いま、マラ・ダンブーン (mala dumdoon)、良い魔術をやった。だから、投げれば必ず、お前の思い通りになる、強い槍になるよ。

ヤダカはそれをダニーに手渡す。

ダニー　わあ！ありがとう。

ダニーはその槍に心奪われる。ヤダカは斧の研磨に戻る。
ダニーは、ヤダカが槍の踊りでした動きをいくつか真似る。彼はあまり上手くない。

ヤダカみたいになるのって、難しい？
ヤダカ　近頃は、誰にだって難しいんだよ、ダニー。何とか生きていくのも難しい。まして家族の面倒を見るのはな。
ダニー　とくにブーツを履いてないヤダカはね。
ヤダカ　どういうことだ？
ダニー　ひとかどの男はブーツを履いてる。
ヤダカ　じゃあお前はどうなる？

二人は自分たちの足を見て、笑う。ダニーの気分は変わる。

ダニー　（まじめに）この冬、父さんのブーツをもらうことになってるんだ。

ヤダカはなにかに気づく。ダニーはヤダカが自分を見ているのを感じ、その場を明るくする。

削れたかかとを足さなくちゃならないけどね。

ダニーは彼の父親のひどく湾曲した左足を演じる。

ヤダカ　お父さんを馬鹿にしちゃ駄目だ、ダニー。
俺の父親もその父親も、その前のすべての父親も、男になるのに、ブーツは要らなかった。

彼は踊りのような動きで実演する。

この地上を静かに歩いた。狩猟のために軽やかに土を踏んだ。裸足は—すぐに駆け出せるし、靴ずれが出来る堅い革も要らない。
ダニー、自分の足に何をつけてるかじゃなく、自分をどこに運んでいくか、それがひとかどの男には大事なんだ。

賞賛の眼でヤダカを見ながら、ダニーは頷く。ヤダカは斧の研磨に戻る。

ダニー　俺はひとかどの男になりたい。
ヤダカ　お前は立派な男だよ、ダニー。
ダニー　男じゃない。金玉に毛が生えてない。
ヤダカ　なんだって？
ダニー　父さんが、金玉に毛が生えるまでは男じゃないって。
ヤダカ　そう言うと思った。

ひとり微笑む。

お前はもうほとんど、男だ。

ダニーはズボンの前を見る。

ダニー　まだ何もない。

ヤダカは微笑む。

ヤダカ　お前が行ってきたそのウォーカバウト、そして今度のウォーカバウトで、お前はもう、用意が出来てるってことだ。
ダニー　何の用意？

ダニーは興味津々で、ヤダカを脇目も振らず見つめる。

ヤダカ　・・・男になる儀式さ。
ダニー　・・・そう。

ヤダカ　お前のウォーカバウトは、その一部だ。弟たちと妹を、無事に家に連れて帰る。途中で食料の交換をする。そうしたら、もうひとつお前にはやることがある。
ダニー　うん？
ヤダカ　最初の、殺しだ。

ダニーは目を見開いて見る。ヤダカは槍投げを実演してみせる。

素早く殺す、苦しませずに。

ダニーはまたすこし不安げになる。

殺すことは、人生の一部だぞ、ダニー。
ダニー　それであの首輪をしていたの？

二人の男は互いを見る。ヤダカは問いに答えないことにして、斧の研磨に戻る。

ヤダカ　お前のお母さんに、迷惑をかけたくない。この仕事を終えて、お前のお父さんが家に帰る前に消えるよ。

ダニーはまた不安げになる。ヤダカは斧の研磨に集中する。

長い一拍。

ダニー　（静かに、動揺しながら）薪の山の下に、ブーツがあるんだ。

ヤダカは手を止める。

ヤダカ　それはどういうことだ？

一拍。

ダニー　俺、デルファイを迎えに行くよ。

ダニーは駆けていくが、立ち止まる。

ヤダカ　うん、ダニー？

ダニーは振り返り、母親がさほど遠くないところに立っているのを見る。彼女はこの場の緊張に気がついている。

家畜追いの妻　もう革を伸ばしたの？

ダニーは駆けていく。

あの子を甘やかさないで。
うちのジョーは、気をひこうと転げ回る子供の機嫌を取るほど、暇じゃなかったよ。
今頃、騎馬警官たちが、山を越えただろうね。

ヤダカ　じゃあ行くよ。

彼は薪の山に向かって歩き始める。

家畜追いの妻　いつ来てもおかしくないよ、黒人。

ヤダカ　影の中に紛れるさ、おかみさん。

彼は退場する。

彼女は彼をしばし見ている。

薪を割る音が聞こえる。

彼女は小屋の方へ向かう。

早朝は、昼近くになる（二日目）。

薪を割る音が続く。

六場

ダニーは家から出る。彼は雑嚢を肩から提げている。

ダニー　母さん、もしアリゲーターが帰ってきたら、繋いどいてくれない？
家畜追いの妻　そうするよ。あいつ、心配だねえ。
ダニー　うん。もう年寄りだから。
家畜追いの妻　まっすぐ行って帰ってくること、誰とも喋るんじゃないよ。
ダニー　うん。
家畜追いの妻　本当だよ、ダニー。黒人のことは秘密だよ。

ダニーはヤダカが薪を割っている方を見る。

ダニー　（真剣に）約束する。
でもミス・シャーリーは、赤ん坊のこと聞いてくるよ。

ヤダカが現れて、樽から水を飲む。

家畜追いの妻　言いなさい。全部言って良い。でも小声でね、デルファイのために。
ダニー　分かった。

彼女は出て行く。

戻ったら、男になるための試験が楽しみだな。
ヤダカ　俺はもうここには居ないよ、ダニー。
ダニー　居てよ。

ヤダカは手を差し出す。

ヤダカ　気をつけて行ってこい。
ダニー　秘密は守る。ヤダカ。守るから。
ヤダカ　お前を信じる。

ダニーは彼に抱きつく。

ダニー　（小声で）俺がいない間、母さんに甘い紅茶を一杯いれてあげてくれない？沸騰したお湯に。砂糖は四杯。砂糖は、母さんが小麦粉の後ろに隠してるから。母さんは白い砂金って呼んでる。
家畜追いの妻　（舞台袖で）ダニー、何してんの！日が暮れちまうよ！
ダニー　俺が戻るまで、行かないでよ？明日遅く帰るから。

彼は母の元へ駆けていく。ヤダカは見送る。それからさらに水を飲む。

家畜追いの妻　（呼びかけて）ミス・シャーリーにありがとうって必ず言うんだよ。気をつけて、ダニー。愛してるよ。

ヤダカはまた薪の山へ向かう。彼女はめまいがして、躓く。

あぁぁ。

ヤダカはこれを見て、助けるために戻るが、彼女は彼に向かって手で追い払う。

何なんだろう、これは。

ヤダカ　出産したばかりで。弔いもしてる。休んだ方が良い。

彼女は座る。

一拍。

一杯いれようか？

家畜追いの妻　なに？

ヤダカ　お茶を。

家畜追いの妻　あたしに？

一拍。

ヤダカ　・・・うん。

家畜追いの妻は吹き出す。

なんか変なこと言ったか？おかみさん。

家畜追いの妻　（笑いながら）いままで・・・誰もそんなこと・・・あたしに！貰うよ。

彼女は立とうとするが、また立ちくらみがする。

ヤダカ　（中に行くように示唆して）どう？

家畜追いの妻　ありがとう。お茶、飲みたいねえ。それなら―

ヤダカ　砂糖四杯。小麦粉の後ろ。だろ。

家畜追いの妻　あの子は、あたしを堕落させる気か。

ヤダカはお茶をいれに行く。

しばらくして、彼は戻ってきて、彼女にお茶のカップを手渡す。

沈黙。

うちのジョーとは違うねえ。

彼女は飲む。

あんたは本当に他所に行った方が良い。誰か来たら、まずいことになる・・・あんたがここにいて・・・ジョーは家に居なくて・・・この地域で起きてる事件もあるし。

人がここに来たりして、うちのことに首突っ込まれたくないんだよ。じろじろ見られたくない。

ヤダカ　俺もだ。

家畜追いの妻　それに子供たちもすぐ帰ってくる。

ヤダカ　あんたの部族は強いな、おかみさん。

家畜追いの妻　最初は違ったけどね。

ヤダカ　息子が三人、娘が一人。部族は大きいほど良い。俺の部族なら、あんたは・・・女王扱いだよ

家畜追いの妻　うちのジョーにそれ言ってやらなくちゃ。

彼女は数歩歩み出す。

昔あの人、一八ヶ月仕事に出たことがあってね。あれはクィーンズランドでの家畜追いだったかな。あたしは一六。あの人が出かけるときに、妊娠三ヶ月。結婚して最初の家畜追いだった。あたしの父親が倒れて。死んで。埋葬して。あの同じ黒人の婆さんが手伝ってくれた。ザーザー涙流して。嵐で吠える風みたいに

泣いてくれた。あたしはそれが少し怖かったけど・・・でもその音は美しくて、慰められた・・・
あの婆さんは、父親を知ってたわけじゃないのに。

ヤダカは彼女を興味深そうに見る、まるで前にその話を聞いたことがあるかのように。

大事な最初の子ジャックが六ヶ月で死んで。
死んだ息子を腕に抱えて、助けを求めて一九マイル馬を走らせて・・・埋葬した。
やっと、ジョーが帰ってきた・・・そしてあの同じ黒人の女が、あたしを看病して・・・

ヤダカ　病から救ってくれた。

彼はすこし信じられない様子で首を振る。

俺たちの部族の薬師の女かもしれない。ジニー・メイ。その人は、手柄話をすべて話してくれた。助けた中には・・・「良くない男」と一緒の女が居たって。

家畜追いの妻はこれを聞きながら、自分のことかもしれないと少し思う。

ジニー・メイは、二回の出産の話もしてた。

家畜追いの妻　ジョー・ジュニアとヘンリー・ジェームズ。
ジョーは、そのどちらの出産の後も、あの黒人の婆さんに対してまったく冷酷だった。
酔っ払ってたんだ・・・二回とも。息子という贈りものに浮かれて・・・でもその婆さんにはとても冷酷。その婆さんに、消え失せろと言った・・・ジョーは、よそ者にうろうろされるのを好まなかった、面倒を引き起こすだけだと。あの婆さんは、それでもしばらく、近くに居てくれた。
夜になると、婆さんが炊く火の明かりが見えた・・・あれには慰められたよ。ジニー・メイ?そういう名前だったんだねえ。ヘンリー・ジェームズの出産の時には、もう随分歳を取ってたっけ。
・・・とっても・・・とってもたいへんだった、あの頃は・・・

一拍。

ヤダカ　大きな風が、強くなった日。俺は狩りをしていて・・・あたりすべてを吹き飛ばしていくのに、俺には触れようとしなかった。風の中に、ドゥワンガンが見えた・・・(手で回転する動きを示しながら)・・・まずいと思った。
俺は遠くのキャンプまで駆け戻った・・・立ち止まることなく・・・そしてこの腕に、俺の女と子供たちを抱いた・・・

一拍。

女たち、子供たち、年寄り・・・みんな死んでた。
毒をいれられたんだ。泉に。
その後、部族は俺を追い出した、俺が復讐に加わらなかったからだ。良いことはないと分かっていた。もう白人の数も、銃の数も、あまりに大きくなっていたから・・・
それで俺は歩いた。もうおしまいだった。この大地を、影のように歩いていった。

母親のクニへ帰るために。

家畜追いの妻　そうだったんだね。

しかしそれから、ヤダカは立ち上がる。何かが聞こえたのだ。

なに？

彼は手振りで彼女に静かにと言う。耳をそばだてる、しかし何も聞こえない。

彼は座ろうとする、が、そのとき・・・遠くに荷馬車と馬が停止しようとする音。

警察？

ヤダカ　そういう臭いはしない。

家畜追いの妻　臭い？

ヤダカ　人で一杯の荷馬車なら、そういう臭いがする。

吠えるような声が聞こえる。ヤダカはひどく警戒している。

家畜追いの妻　動物？

ヤダカ　病んだ人間だ。

ふたたび吠えるような声、今度はもっと近くから？

家畜追いの妻　さっきのろくでなしの浮浪人か、死んじまえ！

行商人ダグラス・マーチャントが、ひどい痛みを抱えて登場する。

マーチャント　お願いです奥様、撃ってください！

彼は跪く。彼女はライフルを下ろす。

彼はヤダカの方へ膝で歩いていく。ヤダカは急いでシャツのボタンを上まで留める。マーチャントに首輪で出来た赤いあざを見られたくないのである。

そんなら殴ってください、旦那様！

家畜追いの妻　いったいどうしたんだい？

マーチャント　私の歯です！

マーチャントは嘆き叫び始める。

家畜追いの妻　やかましいよ、あんた。

マーチャント　どうかお助けを！

彼女はさっと行動を起こし、仕事台から綿か羊毛をとる。

彼女はそれを歯の周りに当てる。

家畜追いの妻　おさえてな。

強く引っ張る。マーチャントは吠える。歯は抜けない。ヤダカは笑う。ヤダカがやってみるが、歯は抜けない。

あんたが走ってきて、この人突き飛ばしたら？

彼らはこの準備をする。

ヤダカが走り始めたとき、マーチャントは脇によけ、彼女の背後に隠れる。

彼らはこれを二回試みるが、毎回、マーチャントが脇によけてしまう。

マーチャント　扉はどうでしょう？

二人は彼を中に連れて行き、準備をさせる。

家畜追いの妻　押さえてて。目をつぶってなよ。

家畜追いの妻はドアをバタンと閉め、そのあとにものすごい叫びと、歓声が続く。

ヤダカが出てくる。腐った歯がついたひもを持っている。

マーチャントが続く。口を軽く叩いて口をきれいにしている。

家畜追いの妻は彼に一杯の水を与えるため、水樽の方へ行く。

マーチャント　楽しんでいただけましたかね。

家畜追いの妻は彼に水を手渡す。

ウィスキー？

家畜追いの妻　ここには酒はないよ。

マーチャント　どうも、奥様。

彼はカップを取る。

私はドナルド・マーチャント。なんでも扱う行商人。あらゆる商品、保証します。

彼は片手を差し伸べヤダカを試す。ヤダカはどうすれば良いのか分からない。

（ヤダカに）で、あなたは？

家畜追いの妻　この人は使用人。さがって、黒人。

マーチャントは喉をガラガラ言わせ、ヤダカの裸足の足につばを吐く。

マーチャント　（家畜追いの妻）で、あなたは？

家畜追いの妻　ジョー・ジョンソン夫人。

マーチャント　で・・・ジョンソン氏はどこ？

家畜追いの妻　遠くへ。仕事で。

マーチャント　ご職業は？

家畜追いの妻　質問が多いね。

マーチャント　遠慮したら堅苦しいでしょ。

マーチャントは喉をガラガラ言わせる。

家畜追いの妻　ジョンソンは家畜追い。夫の家畜の群れを、あなたも見たことがあるかもしれないよ。羊たちをハイ・カントリーから、川沿いの低地に連れてって。それから市場に。

マーチャントはつばを吐く。

マーチャント　見たことあります。
家畜追いの妻　何を？
マーチャント　下って。市場へ行くのを。

二人は彼女の心配を見て取る。彼女は二人が自分を見ているのを感じる。

家畜追いの妻　そう。ジョーはそれから、必要なものを求めに町へ行くんだよ。
マーチャント　私も行こうとしてたところです。町の市場は大賑わい。
家畜追い、買い付け人、警官・・・ほんとに警官は山ほど。騎馬警察の一個大隊が、私の一日後に。
お気の毒です、ホスナグル家、そしてそのほかの方々も。恐ろしい悲劇ですな。
家畜追いの妻　そのほかの？
マーチャント　原住民の警官が一人、それはどうでもいいが、もう一人、騎馬警官が。家族思いの人だったそうで。
悪党はいまだ逃走中。首をくくらねばならんのに。

家畜追いの妻は、信じられずにヤダカを見る。ヤダカは身に覚えのある様子。マーチャントはこれを見る。

家畜追いの妻　（守るように）知らなかったわ、あたしら。
マーチャント　たくさんの尋問。矛盾する答え。犯人は浮浪人か、黒人か？
いずれにしても、両方とも根こそぎにしたって、かえって地域のため。

彼はヤダカを見、喉をガラガラ言わせ、またつばを吐く。

犯罪がなくなる。
さあ、善良なる皆さん、お役に立つものをそろえておりますよ、私の荷馬車に。おたくの薪の山の右手五〇フィートに停めてます。

かすかなためらいがあるが、彼女は荷馬車の方へ出て行く。

あそこの地面は平らにしなくちゃなあ、黒人よ。
（袖に叫んで）一番下の棚です、奥様。

ヤダカは興味なさそうに彼の方を見る。

その顔は何だ？私の読み通りか？

ヤダカは地面に目を落とす。彼の態度が変わっている。

お前はここで何をしていた、あんな風に、薪の山の下が。

マーチャントは座り、スーツの上着を開けて、ホルスターにピストルをいれていることを見せる。

盛り上がってるし。何も知らんのか？黒人。

彼はタバコに火をつける。

おい、英語喋れるのか。

彼はヤダカをまじまじと見る。ヤダカはとても居心地悪くなる。

どのくらいここにいるんだ?黒人。

一拍。

おい。お前に喋ってんだよ。

ヤダカ　数ヶ月。

マーチャント　おお、喋るのか。数ヶ月がどうした?

一拍。

ヤダカ　数ヶ月です・・・ボス。

マーチャント　この家のあるじはお前に、自分の奥さんとここに居て良いって許しをくれたのか?あの女と、親しそうだったなあ、黒人。常識の範疇を超えていた。それに、お前は不遜にも、俺が痛がるのを笑った。あれは白人の前で、羽目を外しすぎたよなあ、黒人よ。

しかしそれも、黒人に寛大すぎるあのアマのせいということにしてやろう。どいつもこいつも、恥知らずだ。

一拍。

ジョンソン氏は居たのか?お前が居着いた頃。

黒人!ジョンソン氏はここに居たのかよ、お前が居着いた頃。

両者の間には今やとても気詰まりな雰囲気。

俺は未開のアボを信用しない。その仲間も。

家畜追いの妻　（舞台袖で）これは良いかも。

家畜追いの妻が『ヤング・レディ』誌を一部もって登場する。

フランネルの生地を二、三ヤード貰うよ。

マーチャント　お似合いです。あなた様には、えっと・・・

家畜追いの妻　ジョンソン、ジョー・ジョンソン夫人。

マーチャント　これは奥様、あなた様のファーストネームは?もし差し支えがなければ。

一拍。

家畜追いの妻　モリー。モリー・ジョンソン。

マーチャント　ちから強いお名前だ。響きも美しい。モリー・ジョンソン。ではモリー・ジョンソン様、あなた様には五ヤード差し上げましょう。

家畜追いの妻　子供たち全員分の、暖かいシャツが作れる。ありがとう。

マーチャント（荷馬車に行きながら）暖かいシャツは、そこの黒人の分も作れますよ。

家畜追いの妻はこの発言に嫌な気になる。ヤダカはマーチャントの後を見守る。

家畜追いの妻は振り返り、ヤダカを見る。

家畜追いの妻はまた振り返り、荷馬車に居るマーチャントを見る。彼はきちんと折りたたまれたフランネルの生地を持って戻り、大げさな身振りで彼女に差し出す。

マーチャント　どうぞ奥様。神があなた方をお守りくださいますよう。その雑誌は差し上げます。

マーチャントはヤダカの方を振り返り、片手を彼に差し出す。ヤダカはそれを見る。

家畜追いの妻　その人と握手を。

ヤダカは逆らって彼女の方を見る。

マーチャント　お前は私を不快にして、しかもご主人様に逆らっているんだぞ？

家畜追いの妻　黒人。

長い一拍。ヤダカは手を差し出して握手する。それは短い。

マーチャント　もうこれに寛大になさらないように。

マーチャントはジャケットで自分の手を拭う。

彼らはひとつのやり方でしか学びません。雑種犬と一緒です、腹に一発蹴りを入れてやれば、立ち上がりますよ。ごきげんよう、モリー様。

彼は退場。二人は彼が行くのを見る。荷馬車が出発する音が聞こえる。

ヤダカは沈黙し、見つめたまま。

家畜追いの妻は案じながら、ヤダカを見つめる。

家畜追いの妻　良い人だったね。おまけをくれた。

ヤダカ　あいつは蛇だ。二枚舌を使う。

一拍。

家畜追いの妻　あんたもそうだろ。

彼女はライフルの撃鉄を起こし、まっすぐヤダカに狙いを定める。

騎馬警官と原住民の警官。

白状しな。いますぐ撃ったって良いんだ。

一拍。

ヤダカ　俺は騎馬警官にとどめの一発を見舞った、さもなきゃこっちの喉をやられてた。それから原住民の警官は、自分の仲間を攻撃しやがった。だけど、子供と女は殺ってない。俺は殺そうと思って殺しはしない。

俺の本当の罪は、「黒人なのに存在している」ってことだ。だが俺は一生戦う、逃げはしない。

二人は目をそらさずにいる。

ヤダカは斧の方へ歩み始める。彼女は彼の方に一歩進む。

丸太を割るって言っただろ。

彼は斧を取り、去ろうとする。

日暮れまでに丸太割りを終わらせる。さよならは言わないよ。ありがとう、助かった、あんたの、もて・・もてなしも。

彼は薪の山へ行こうとする。彼女は彼が行くのを見つめ、それから中へと向かう。

丸太を割る音が聞こえる。

彼女が出てきて、薪割り台の上に彼の着替えを置く。四場で彼女が繕っていたカーディガンが、その積み重ねの中にある。

彼女はまた中に戻る。

日の光とともに薪割りの音は消えていく。

昼間は夕方にかわる。

ヤダカが来る。服の贈りものに驚いて、彼は斧を薪割り台に置く。彼は疲れている。

彼は樽から水を飲む。

彼は行こうとするが、立ち止まり、うしろの小屋を見る・・・

服を取り、彼は裏を回って立ち去る。

七場

早朝が夜になる。すでに夜になっており、そこにはいまや不気味さがある。

家畜追いの妻は目覚める。彼女はライフルを手に駆け出す。辺りを見回す。

家畜追いの妻　黒人。黒人？黒人！

彼からの反応はない、おそらく彼は行ってしまったのだ。

夜の影が、長くなり始める。不気味な感じはより強くなる。彼女は何かの気配を感じる。

彼女は、暗闇の中を狙いながら、ライフルの撃鉄を起こす。

黒人！ありがとう。

反応はない。

それから彼女の心を奪う何かが見えたようだ。彼女はゆっくりとライフルを下げ、薪割り台の上に載せる。

彼女は見つめる。不気味な神秘的存在の物音。彼女は両手を胸に当てる。

(深く心を動かされ）待って、行かないで。お願い、待って！

そしてその何者かは、行ってしまう。

沈黙、そしてその瞬間がゆっくりと、その夜の現実に戻っていく。

ヤダカはきれいな服を着て走ってくる。彼の袖は濡れ、櫛でなでつけている。

ヤダカ　おかみさん？

長い間。

家畜追いの妻　黒人の女がここで・・・抱いていた、二人の、おくるみでくるんだ、死んだ赤ん坊・・・あたしの乳が張ってきた。あれは、あたしの赤ん坊だった・・・

彼女は彼に向き合う。乳首の上のドレスを通して布が濡れている。

ヤダカはどこを見て良いのか、どうすれば良いのか、分からない。

家畜追いの妻は恥ずかしくなり、中へ駆け込む。

ヤダカは彼女を追いかけていくべきか分からず・・・そうしない。

(舞台袖から叫び)あたしはなんてばかだ。ばか、ばかな女。もう・・・どうしようもないのに。

ヤダカは立ち去ろうとする。

家畜追いの妻は現れる。ショールに身を包んでいる。

行くの？

ヤダカ　ああ。

家畜追いの妻　消えるんだね、夜の闇に。

ヤダカ　そう言った。

彼女は彼を腕に抱く。

家畜追いの妻　ブーツがあれば、ひとかどの男で通るのに。

ヤダカ　(服を指して)これ大丈夫か？旦那の服を着てるのを見られて。

家畜追いの妻　あたしに雇われて、給料代わりに服を貰った、あの人の服を。着古しの服を。そう言えば良い。本当のことさ。

一拍。

ヤダカ　もう・・・(行かなきゃ)。

家畜追いの妻　待って。

ヤダカ　え？

一拍。

家畜追いの妻　髪にワックスつけてあげる、まっすぐのままでいるように。水だと乾いて・・・また髪が・・・巻くから。

彼女はワックスを取る。彼は薪割り台に座る。彼女は彼の髪にワックスをなでつける。彼は目をつむり、このもてなしを楽しむ。

一拍。

満月だ。

ヤダカ　歩きやすい。
家畜追いの妻　月は女の頭をおかしくする。
ヤダカ　あんたがさっき見たのは何だったんだろ。
家畜追いの妻　ただの夢だよ。
あんたの顔はとてもきれいだね。
ヤダカ　父親は白人だ。
家畜追いの妻　お父さんを知ってるの?
ヤダカ　母親だって、父親のことを知らないと思う。

一拍。

家畜追いの妻　あたしは母親を知らない。

一拍。

ヤダカ　家族が居なかったのか?
家畜追いの妻　ああ。自分の子供らだけさ。その前は、父さんだけ。あたしと、父さん。二人だけ。父さんは言ってた、俺たち家族はこれで良いんだって。

一拍。

母親は、あたしを産んで死んだ。

ヤダカは知っているという風情で彼女を見る。彼はこの話を知っているのだ。

ヤダカ　あんたか。
家畜追いの妻　なに。
ヤダカ　あんたが生まれた夜、ジニー・メイ、あんたを何度も助けたあのお婆さん。あの人が、あんたを抱いていた。お父さんが妻の死体に取りすがって泣いているとき。
家畜追いの妻　え?!
ヤダカ　あんたのお母さん、黒人だよ。

彼は彼女を平手打ちにする!

家畜追いの妻　なんてことを言うんだい!
すこし情けをかけてやったら、つけあがって!
もう終わりだ、黒人め!
ヤダカ　ジニー・メイは、間違った肌の男に恋した妹の話を、ずっと語り続けていた。
家畜追いの妻　黒人め!出て行け!
ヤダカ　あんたのお母さんは、ブラック・メアリー、「一番白い黒人女」このあたりではそう呼ばれていた。何軒か家畜追いの家で料理人をやっていて、あんたのお父さんはその一人だ。彼が微笑んだのは、ブラック・メアリーと一緒に居たときだけだった。そのスコットランド人への、お母さんの愛は本物だった。相手の愛も。
二人だけの秘密だった、誰も認めてくれないから―
二人の愛は、一番高い山の頂から一番低い谷におりるほどに深く、スノーウィ・マウンテン川のように、激しかった。
家畜追いの妻　やめて！
ヤダカ　ナンブリ・ワルガルは、あんたの家族だ。

一拍。

何も恥じることはない。
家畜追いの妻　喋るな、いまいましい、あたしの土地からさっさと出て行け！

間。

さあ！

彼は自分のものを掴んで、後ろを向き、行く。

そのとき・・・

少しやつれて見える騎馬警官スペンサー・レズリーが歩いてくる。彼は眼鏡をかけている。

レズリー　こんばんは。大きな声を聞いたので。大丈夫ですかな？

一拍。

家畜追いの妻　ええ、どうも。

ヤダカはあとずさりし、慌ててシャツの一番上のボタンを閉める。

レズリーは彼に気づく。

レズリー　ここに住んでいるのは・・・ジョー・ジョンソン氏？
家畜追いの妻　そうです。私はジョー・ジョンソン夫人です。
レズリー　ジョンソン氏はどこへ？
家畜追いの妻　町へ、物資を手に入れに。

レズリーは微笑んで、そっけなく頷く。神経質そうに、ヤダカの存在を意識しながら、彼は自分の手帳を見る。

あなたは一人？
レズリー　数人一緒だ。他の者は北へ向かったんだが。本官は一日前に、馬を失ってしまい。道で・・・蛇がひなたぼっこしていて・・・

問われることをいまやとても警戒している。

（ヤダカに）で、あなたは？
家畜追いの妻　雇い人です。うちのジョーは、朝には帰ってきますよ。もしあなたがまた戻ってくるなら。

彼の手帳に戻る。

レズリー　行商人・・・えー・・・ドナルド・マーチャント氏。
途中で会ったが、
あなたの身をとても心配していた、ジョンソン夫人。なんでも、
ここに・・・野蛮な未開人がいると。
あなたということは、ないよな？

レズリーは不安げにヤダカに微笑み、いまや自分のピストルを握っている。

ヤダカ　おかみさん、俺は仕事に行くよ。

家畜追いの妻　行って良いよ。

ヤダカは後ろを向いて行こうとする。レズリーはピストルの狙いを彼に定める。

レズリー　動くな！

ヤダカは振り向く。

跪いて、両手を頭の上に置け。

ヤダカは言われたとおりにする。

確かめる。一方の手で、シャツのボタンを外して、鎖骨を見せろ。ゆっくりと。

ヤダカは躊躇するが、いやいや従う。レズリーは、彼の鎖骨に赤いあざがあるのを見る。

女王の名において、逮捕する。騎馬警官フィリップと原住民警官デンプシー・バックスキン殺しの容疑。ホスナグル夫人の強姦殺人、その子供たちを溺死させた容疑。

家畜追いの妻は戦慄する。ヤダカは、違うと首を振る。

そしてあなた、ジョンソン夫人、尋問のため留置所に同行して貰う―

家畜追いの妻　あたしはどこへもいけません。子供たちがもうすぐ帰ってくるから―

レズリー　あなたの夫の消息に関することだ―

これが彼女を沈黙させる。

仕事仲間が懸念して届けが出ている。家畜追いに出ていないと。

家畜追いの妻は彼の凝視から目をそらさない。

家畜追いの妻　ついて行ったら、子供たちはどうなるの？

レズリーは答えない。彼女は、自分のライフルの場所へ戻るために歩く。

子供たちが、すぐに帰ってくるんだよ。

レズリー　ジョー・ジョンソン夫人！落ち着いて。

ヤダカは立ち上がろうとする。

家畜追いの妻　ついて行ったら。子供たちはどうなるんだ！

レズリーはヤダカを見る。

ここから、会話はめまぐるしく、重なり合う。

ヤダカ　連れて行け、ボス。

レズリー　跪け、撃つぞ！

家畜追いの妻　子供らを置いてはいけないよ！
ヤダカ　連れて行け、ボス。
　　レズリーはビクビクしながら、二人交互にピストルを向ける。
家畜追いの妻　子供らが、もう帰ってくる。
　　ヤダカはゆっくりと動作を続ける。
レズリー　撃つぞ！銃を下ろせ！
家畜追いの妻　子供らにはあたしが必要なんだ！母親が必要なんだよ！
ヤダカ　連れて行け、ボス。
家畜追いの妻　子供らが！子供らが！
　　レズリーは、急に振り向いて彼女を威圧する。ピストルは彼女に狙いを定めている。
レズリー　黙れ！女！
　　銃撃の音が鳴り響く！
　　レズリーは、うつ伏せに倒れる。死んでいる。
　　家畜追いの妻はライフルを下げる。ヤダカは衝撃を受けたまま彼女を見る。
　　長い沈黙。
ヤダカ　ここに人が来る、こいつを探しに。

家畜追いの妻　あたしが追い払ったと言う。
ヤダカ　こいつはあんたを連行して尋問するために来たんだぞ。
家畜追いの妻　ここには来なかったと言うよ。あんたは行かなくちゃね。すまないけど、この死体運んで、深く埋めてくれないか。
　　彼は警官の銃を拾い上げ、彼女に手渡す。彼女はそれを水樽の中に捨てる。彼は死体を引きずって行く。家畜追いの妻は警官の血を覆い隠す。彼女は歩いて行きスツールに座る。
　　一拍。
ヤダカ　戻ってくる、あんたのために。
家畜追いの妻　あたしは奴らに言うつもりだよ、あんたが殺したって。
あんたはうちのジョーも殺したって。
　　これにヤダカは足を止める。
ヤダカ　ジョーは死んだのか？
　　一拍。
家畜追いの妻　だから、あんたはあたしをどうにでも出来たのに。ホスナグル家でやったとこまではいかなくとも・・・
ヤダカ　俺がそんなこと出来ると思ってるのか？
　　一拍。

家畜追いの妻　お願い。
あんたはあたしの救い主になるんだよ・・・もし何もかも・・・
あんたのせいに出来たら・・・

ヤダカは自分の聞いていることが信じられない。

ごめんね、でも子供らには、あたしが必要なんだ。母親が必要なんだ！
あたしはただ人を殺すことは絶対ない。
でも、自分の命、子供らの命のためなら、戦う。逃げはしない。
ヤダカ　やったってことか？ジョーを。

一拍。

家畜追いの妻　ブーツを、あの人の脇に埋めた、薪の山の下に。
人を埋めるのは、ブーツと一緒じゃないと。
ヤダカ　ジョーは薪の山の下に？
家畜追いの妻　子供らがすぐ戻ってくるときで・・・浅くしか掘れなくて、だからあそこは盛り上がってたの。
てっぺんに最後の丸太を載せて。
アリゲーターが、掘り返しに来た野犬と喧嘩してたよ・・・臭いはそんなにしてなかった・・・風向きによるのかね。
ここらへんはつねに、何かが死んでる。
だから、そこに埋めたの、うちの薪の山の下に、ブーツと一緒に。

一拍。

持って行って。

ヤダカ　いや・・・
家畜追いの妻　あんたがブーツ履いていても、誰も気がつかない。
もし呼び止められることがあったら。
そんときは白人の名前を使いな。

ヤダカは彼女を不同意の目つきで見る。

ヤダカ　・・・ありがとう。
家畜追いの妻　生きるためなら何だってする、何だって言う。それがあたしのやり方。
ヤダカ　あんたの秘密は分かった。俺はダニーの面倒を見る、あれは良い子だ、それに、他の子たちの面倒も。

彼女はいぶかしげに彼の方を見る。

あんたは娘を産んで埋めただろ・・・
家畜追いの妻　あんたに惚れたのは、ダニーの方だね。
ヤダカ　生き残るための話をしてるんだよ！
家畜追いの妻　それはあたしがずっとしてきたことさ。
ヤダカ　きっと噂は広がるだろう。
家畜追いの妻　ここで起きたことは、あたしのおもわく通りに、人に伝わる。
ヤダカ　一緒に来てくれ。

一拍。

家畜追いの妻　黒人になるの？
ヤダカ　あんたは黒人だよ。自分でも知ってる。

沈黙。

今夜あんたが見たのは、ブラック・メアリーだ、あんたのナムー・ワウ、母親さ、あんたの子供たちを抱いた。
だからジニー・メイは、あんたのためにここに来ていた。
ジニー・メイは、あんたの家族だ。
子供らの家族だ。
家族の中に居れば安全だ。

彼女は小屋の中に向かおうとする。

洞穴がある。ジニー・メイの血族がいる・・・南東の、ここから二日半歩いたところに。
大きな水場に来い、その右側を行け。そうしたら木のないところに行き当たる、きれいな円形に切り倒されたような。その左側を歩け。少し行くと、大きな岩がある、神聖な岩と呼ばれていて、人の鼻みたいに突き出してる。そこだ。
食べ物、毛布、雨風をしのぐ場所、そして春には・・・人々がいる。あんたのお母さんの血族だ。あんたの血族だ。

彼は行きかける。

家畜追いの妻　ブーツを、持って行って、自分のために。
あんたは良い人だから・・・お願い。

彼は薪の山の方へ去る。彼女は彼が行くのを見つめる。

左だよ。ブーツはそこ。

ヤダカ　（叫び返し）ここの正面を空けておけ。牧場の境界を広げて。
誰が来るかすぐ分かるように。
家畜追いの妻　そうするよ。

彼女はあとすこし見つめて、それから急いで中に入る。

一瞬あと、ヤダカが戻ってくるが、ブーツを履いている。

ヤダカ　（叫んで）ダニーを訪ねても良いかな、六ヶ月後ぐらいに？
家畜追いの妻　（叫び返し）それは危ないよ——

家畜追いの妻は出てくる、初めてライフルを持っていない。

ヤダカ　（叫んで）ダニーに、自分の槍で初めての殺しをさせてやってくれ——
家畜追いの妻　ここでは血がもういっぱい流れたんだよ。あたしらがこれからずっと生きていくために。
ヤダカ　男の仕事なんだ。
それから、あんたとデルファイ嬢を、ウォーカバウトに連れて行けるかな？スノーウィ川の川幅が広がり始めるあたりに、きれいな野生の花がたくさんある・・・その頃までにはつぼみが開くはずだ。

二人は目をそらさない。長い一拍。

家畜追いの妻　ヤダカ・・・

そしてロバート・パーセンが現れる、虚勢を張った男。

パーセン　「ここでは血がもういっぱい流れた」？そう聞こえたぞ、だがきっとあんたら二人、もっと知ってることがあるだろう。
家畜追いの妻　あんたは誰、何の用だい？
パーセン　ロバート・パーセン。
ジョーの家畜追い仲間だ、だが今回の旅に、ジョーは現れなかった。この八年で初めてのことだ。
だからちょっくら寄ってみて、大丈夫か見てこようと思ってな。そしたら今の話が聞こえて、それに町の噂も聞いて、心配になった。
家畜追いの妻　それには及ばないよ、ミスター・・・？
パーセン　パーセン。ロバート・パーセン。
家畜追いの妻　ミスター・ロバート・パーセン、ご心配には及びませんよ。

一拍。

パーセン　それにこのクロンボの未開人は？その服を手に入れるために、お前は誰を殺したんだ？

彼はヤダカに歩み寄る。

よくも白人の目を見られるなあ、アボ。

ヤダカは反抗的に立っている。

その表情は、クロンボにふさわしくねえ。

パーセンは彼の股間に膝蹴りを食らわす。ヤダカは地面に倒れ、パーセンの目にブーツが入る。彼はその一つを掴み、かかとの外側が摩耗しているのを見る。

貴様、ジョーのブーツを履きやがって！

彼は狙いを定める。家畜追いの妻はヤダカの体の上に覆い被さる。

家畜追いの妻　違う！待って！仕事の報酬にあげたんだよ。
パーセン　離れろ！

彼は彼女を押しのける。

恥知らずめ！この淫売が！

彼女は立ち上がり、パーセンと睨み合う。

家畜追いの妻　なんだって。
パーセン　聞こえただろう。さあ、俺の友達はどこだ。ジョーはどこだ。
家畜追いの妻　出てったよ。あたしと・・・子供らを置き去りにして。食べるものも、なにもなく・・・あたしの赤ん坊は死んでた、こういう不安のせいで死んでた・・・そしたらこの人が、手を差し伸べてくれて、あたしも助けを求めていて、手間をかけさせた分、ジョーのブーツをあげた―
パーセン　じゃあ、ジョーはいま何を履いてるんだ？
家畜追いの妻　知らないよ！ジョーなら、売春婦ととんでもない格好してるところを見かけたよ、女が上に乗ってた、乗馬じゃないけどね！

長い間。

パーセン　こういう浮浪の黒い未開人どもには、用心してもしすぎることはないだろう？

彼はヤダカの方に突進する。ヤダカはまだ地面に倒れている。

これをこいつの方にぶっ放すことも出来るぜ、お望みなら。

家畜追いの妻　夜明けに出てこうとしてたんだ。

彼のライフルはヤダカの頭に向けられている。

パーセン　それなら、貴様はどこに行こうとしてた。俺が聞いたのは、別れの挨拶だったぞ。

家畜追いの妻　ミスター・パーセン。あんたのその尋問口調、あたしは受け入れられない。聞こえたかい？

パーセンは急に振り向き、彼女を押さえつける。

パーセン　俺はあんたの言うことは一言も信じられん！

彼は彼女の腹を突く。彼女は息が止まり、酷い痛みを感じながら倒れる。

ヤダカはよろめきながら、しかし勢いよく立ち上がる。

パーセンはライフルの引き金を引くが、不発である！

彼らは闘う！

家畜追いの妻は起き上がり、パーセンに飛びかかる。パーセンは彼女の顔を一発殴り、彼女はノックアウトされて地面に倒れる。

パーセンはヤダカの顎にライフルの床尾の端でアッパーカットを放ち、彼は後ろに吹き飛ばされ、地面に倒れる。

パーセンは彼の上に立ち、ライフルで頭を繰り返し殴る。ヤダカが死にかけるまで殴る。

ちょうどそのとき、もう一人の牧夫ジョン・マクファーレンが到着する。

マクファーレン　そこに警官の死体が乗った担架があるぞ。

パーセン　警官？この野郎！

彼はまたライフルでヤダカを殴る。

マクファーレン　ジョーはどこだ？

パーセン　いない。お前、遅かったな。

マクファーレン　糞をしてた。この場は制圧したようだな。おい、これを見ろ。

彼はヤダカの一本の槍を掲げる。彼は「ブラックフェラ」の、とても侮辱的なものまねをする。

パーセン　（息を整えて）やめろ、マクファーレン。こいつを縛り上げろ。

マクファーレンは槍を調べている。

ジョン、縄だ！

彼は槍を下に落として、ヤダカを縛る。

家畜追いの妻はずっと見ていた。彼女はゆっくりと起き上がる。

家畜追いの妻　お願い、ミスター・パーセン、子供らがいるんだよ。ジョーの子供が。

パーセンは樽の水を飲むために歩いて行く。マクファーレンはヤダカの緊縛を続ける。

家畜追いの妻はマクファーレンの方へ少し這っていく、そのことで、斧の位置に近くなる。

お願い、ミスター・マクファーレン、だよね？

マクファーレンは笑い、背を向けて今や水樽のところで顔を洗っているパーセンの方を見る。

マクファーレン　ミスターだとよ。

彼はヤダカを縛るために戻る。彼も彼女に背を向けている。

家畜追いの妻　お願い、子供らにはあたしが必要なの。

彼女はパーセンを一瞥する、彼も彼女に背を向けている。

マクファーレン　だろうなあ、おかみさん。

ちょうどそのとき、彼女は斧を拾い上げると、男たちのもとに駆け寄る。

パーセン　ジョン！

男たちは別れ、それぞれ反対方向に走る。パーセンは自分のライフルの撃鉄を起こし、彼女に狙いを定める。

それを下ろせ。

弾をぶち込むぞ。

彼女は一歩も引かない。

この恥知らずめ。こんな卑劣なクロンボのために自分の命を危険にさらすとは。子供らはどうでも良いのか。

マクファーレン　撃つのか？

パーセン　この女次第だ。

一拍。

彼女は斧を薪割り台に深く刺し込む。パーセンは激怒して、彼女の方へ歩む。

お前はジョーの面汚しだ！クロンボ狂いの淫売が！

彼はライフルの床尾の端を振り上げる。彼女はすくむ。彼は彼女の後頭部を殴る。彼女は激しく地面に倒れる。

マクファーレンは笑い、興奮した歓声を上げ、この暴力に刺激される。

マクファーレン　死んだか？

カーセンは家畜追いの妻に背を向ける。

パーセン　しるか。

マクファーレンはパーセンをよけて彼女のところへ行こうとする。パーセンは片手をマクファーレンの胸にあて、彼をとめる。

黒人は大丈夫か？

マクファーレン　大丈夫。

パーセンは道を空け、マクファーレンは彼女のところへ行き、彼女の下着を引きちぎる。

ミスター・ジョン・マクファーレンが相手だ。

マクファーレンは家畜追いの妻をレイプする。

パーセン　（ヤダカに）ちょっくら散歩に行くぞ。聞こえたか？

パーセンは、縄の端で輪を作りながら、深く息を吸い、落ち着こうとする。

マクファーレン　（うめきながら）良いスノーガムの木がある。小屋の前の、薪の山のそばだ。きっと血を流す木だ、根元に乾いた血が見える。

パーセンはまだヤダカを蹴る。

パーセン　あの上でジョーのはらわたを抜いたか？食っちまったか、この野蛮人！

マクファーレン　（うめきながら）こいつはいくらになる？

パーセン　三十ぐらいだな。三十八か。

マクファーレン　（うめきながら）それだけか？

パーセン　俺はカネは貰わん。

一拍。

この黒人野郎、この女とやってたんじゃないか？

マクファーレンは絶頂に達しかける。

マクファーレン　（うめきながら）そそそんなこというな、なえるぜ！

彼は絶頂に達し、それから彼女の顔につばを吐く。身なりを整え、まだ先ほどの戦いから回復途中のパーセンを見る。

頭にきたか。こいつお前を手こずらせたからな。

パーセン　黙れ、足を持て。

二人はヤダカを薪の山へ引きずって行く。長い間。

八場

かすかな風が張った縄のきしむ音を運んでくる。

家畜追いの妻はついに目覚め、ゆっくりと起き上がる。酷く痛む。

一拍。

彼女は足の間を触り、指についた精液を、土地にこすりつける。

一拍。

彼女は舞台袖にヤダカの死体を見る。それはスノーガムの木から吊されている。

沈黙。

家畜追いの妻 （死んだヤダカに）そのスノーガムの木があたしは大好きなんだ。がっしりした力強い幹・・・濡れるときれいな色の模様があらわれる。神からの贈りもの。頑丈な木の枝は、重さに耐えるのを待っている、冬の重さを・・・あんたの重さを。
ああ、秋雨の後にこのスノーガムの木を見ると・・このたぐいまれな美しさが、思い知らせてくれるのさ、どうしてあたしが・・・・・美しい幻を見ていられないのか。
これからあたしが目にするのは、あなた、その青白い顔、折れた首・・・すぐそばに、ジョーのブーツが埋まっている。
（歌って）
黒い髪の　愛しい人よ
面差しの　麗しさよ
黒い・・・ブラック・メアリー、
父さんは、口にしなかった、母さんの・・・名前・・・
（歌って）
無垢な微笑み　やわらかな手・・・
父さんは酔うと歌った・・・

一拍。

だからあたしは優秀な追跡人なのかもね。酒浸りの父さんを見つける才能があったんだ。
あたしたちはいつもひとり・・・いつも離れてるか・・・向こうに居て、決して近づいたり、中に入ったりしなくて、ただ・・・あたしたち、二人だけだった。

一拍。

ミス・シャーリー・マクギネスから前に言われた「ダニーは色が黒かったね・・・隔世遺伝かもよ？」隔世遺伝、何のことか意味が分からなかった・・・
あたしは言い返した、牧場で身を粉にして働いてたんだと、・・・ダニーがまだ腹に居たとき、だから「あの子も日焼けしたんです・・・」って。
もしかしたら、それでジョーはあたしのことが気に食わなかったのかも、ウィスキーで悪酔いして、あたしの体を黒ずむまで殴って・・・そんで・・・

一拍。

父さんが一度言ってたな・・・
モリーは、メアリーの愛称だって。

間。

ブラック・メアリー。ここらで一番白い黒人女。

（歌って）

いつの日にか　また二人で
暮らせる時を　夢に見て

黒、黒、黒、黒・・・

彼女はそれから声を上げて泣き始める。

深夜から早朝へ変わる（三日目）。

九場

家畜追いの妻はまだ動かない、ひどい衝撃の中に居る。彼女の声は歌を歌って涸れている。

家畜追いの妻　（不明瞭に）黒い髪の・・・

ダニーが家に着く。彼は恐怖し、汚れ、冷え切っている。彼は家に近づくのさえ、怖がっている。

ダニー　母さん。

沈黙。

母さん？

沈黙。

母さん！

彼女の目の焦点は、いまだ遠くにある。

家畜追いの妻　（抑制した微笑みで）ダニー。

ダニーは動かない。

ダニー　いっちゃった、母さん。
家畜追いの妻　誰が？ダニー。
ダニー　みんな。
家畜追いの妻　あいつら、みんなね。
ダニー　違う、母さん。ジョー・ジュニアと、ヘンリー・ジェームズと、デルファイ。

一拍。

家畜追いの妻　いっちゃった？
ダニー　連れてかれた。
警察に。
なんか・・・行商人が・・・そう、行商人が、母さんが人殺しの未開の野蛮人と一緒に居るって。
俺は言ったんだよ「そんなんじゃない。あの人は、ナンブリ・ワルガルの養子で、グウグ・イミシルのヤダカだって」。
ミス・シャーリーは、母さんがそうなんだって。黒い色が混じってるって・・・俺たちのこと、四分の一の混血だっていうんだよ？
どういうこと、母さん？
牧夫たちは、父さんが、家畜追いに出てないって。怒り狂ってた。
俺は馬を飛ばして。家に帰って伝えたかったんだ、母さんと、ヤダカに。一回も止まらないで、馬を飛ばした。野菜を手に入れる暇も無かった、ごめんなさい。

彼はようやくヤダカが眼に入る。

家畜追いの妻　ジョー・ジュニアと、ヘンリー・ジェームズと、デルファイが・・・連れてかれたって？

ダニーはただ頷く。彼は呆然としている。

ダニー　死んでるの？母さん。
家畜追いの妻　そうだよ。

一拍。

あんたの父さんの仲間二人が・・・立ち寄って・・・こう言った
—
ダニー　そいつらがやったの？母さん。
家畜追いの妻　ハイ・カントリーの、道の途中で、父さんの馬が足を滑らせて—
ダニー　もうやめて—
家畜追いの妻　頭を打って・・・死んだ。そんなような話。そういうこと。
ダニー　違うだろ、母さん！
家畜追いの妻　そういうことなんだよ。
ダニー　俺知ってるよ。

家畜追いの妻はようやく彼に向かい合う。

家畜追いの妻　何を知ってるんだい？
ダニー　母さんのせいじゃないこと。

一拍。

母さんを殺そうとしてた。「オンナの前で、俺のメンツを潰しやがって！」
俺の誕生日だったけど、楽しい夜じゃなかった・・・
母さんは、お祝いをしたかったのに・・・家族一緒に・・・父さんが家畜追いに出て行く前に・・・
ガラスの破片をもって。母さんに向かってきた。その喉に。

一発撃って、眉間から、血が滴り落ちて・・・死んだ。
あの雄牛みたいに。

一拍。

あの夜、母さんは掃くのを忘れてたね、俺見たんだよ、薪の山に続いてる、引きずった跡・・・

彼女は彼を見ることが出来ない。

母さん・・・

彼女は彼の方に向き直る。

家畜追いの妻　そうだね。
ダニー　母さん、俺は絶対家畜追いには行かない。

彼女は彼を抱き寄せる。二人は抱擁する。この世界で自分にとって唯一のものであるかのように、互いを抱く、そして、事実そうである。

しばらく後。

家畜追いの妻　秘密だよ、ダニー。
ダニー　うん、母さん。
家畜追いの妻　絶対。分かった？

彼は頷く。

さあ、教えてちょうだい、あたしの子供らはどこで連れて行かれたの？

ダニー　留置場。マクギネス神父がお祈りをして。ミス・シャーリーは、これが一番良いんだって言うんだ。デルファイは泣いてた。こっそり裏に回って。小さな窓から抜け出て、柵を乗り越えた。弟妹たちには、母さんと一緒に、見つけてやるからなって言ったんだ。必ず来るからって。
家畜追いの妻　そのとおりだよ。

彼女は荷造りを始める。ダニーは彼女を見つめる。彼女は二つの雑嚢を掴み、そこに肉を詰める。水筒をいっぱいにし、毛布を巻く、等など。

（独り言）じゃあミス・シャーリーはあたしの子供らを見捨てたんだね。それが一番良いんだと。しけた行商人のたわ言だけで。

一拍。

お前は何か言ったのかい？

間。

父さんのこと聞かれた？お前は何か言った？

ダニーは振り返りヤダカを見る。

ダニー　俺は秘密は守れるよ母さん。父さんのことは絶対何も喋ってない。ごめんなさい・・・

彼女は彼を慰めに行く。

家畜追いの妻　あんたのせいじゃない。

彼女は彼を抱く。

ヤダカが死んだのはお前のせいじゃない。聞いて。お前のせいじゃないよ。で、留置所と言ったね。

彼女は荷造りに戻る。

ダニー　(呆然と)これから・・・埋葬してあげるの、母さん?

家畜追いの妻　春に、ここらへ戻ってくる、雪が覆ってくれる。

ダニー　家に帰ってくるって事?

彼女は薪割り台から斧を取る。

家畜追いの妻　ここで待ってなさい。

彼女はヤダカの方へ行く。縄が切断され、遺体が落ちる音が聞こえる。

一拍。

彼女はジョーのブーツを抱えて、戻ってくる。

これからお前のものだよ。

彼女はそれを彼に手渡す。

ダニー　父さん。

家畜追いの妻　それを履いて。ひとかどの男は、ブーツを履くんだ。

ダニーは考えながら、ブーツを一瞥する。彼はそれを脇に置く。

ダニー　ヤダカと話がしたい。

彼女は彼の元へ行き、まるで初めて見るかのように、彼を見る。目の前で、少年は大人になっている。

家畜追いの妻　行きな、それから服を着なさい。

ダニーはブーツを置いて、中へ行く。彼女はそのブーツを、自分の雑嚢へくくりつける。

(叫んで)重ね着をしなさい、ダニー、雪になる。

彼女は自分の箒を掴み、すばやく掃くと、マクファーレンが捨てた槍を見つける。

ダニーは重ね着をして出てくる。彼は彼女のためにショールを持っている。

彼女はその殺傷するための槍を、彼に差し出す。

覚えときな、ダニー、ヤダカが言ってた、男になる最後の試練は、殺すことだって。

一拍。

彼は彼女の方へしっかりとした歩調で歩く。

ダニー　でも俺、しくじったんだ。あの子たちを、無事につれて帰れなかった。

彼女は彼が、その槍を折ってしまおうと思っていることを知っている。

家畜追いの妻　ダニー、違うよ。

彼女は槍を彼から取り上げる。

今度は、あんたは弟妹たちを、無事に連れて帰るんだ。

彼女は彼に槍を渡す。彼はそれを取り、ヤダカの方を見つめる。

彼女はマルティニ・ヘンリー・ライフルと雑嚢を掴む。

来なさい。

ダニーは少しためらう。

ダニー、来て。

ダニーはどうすべきかまだ分からない。彼女は遠くを見る。

この静けさを感じてごらん、ダニー。凛とした冷たさ。

彼女は深呼吸する。

刺すような空気・・・

彼女が見上げると、雪が降り始める。彼女は目を閉じ、それを歓迎する。

ほら・・・[雪]。あたしたちに喋りかけてるよ、ダニー。

長い一拍。

ダニー　母さん。

家畜追いの妻　子供らを取り返しに行かなきゃ。家族なんだ。それが家族ってもんだ。

ダニー　そうしたらどうする？

家畜追いの妻　山へ。

ダニー　寒くて死んじゃうよ。

家畜追いの妻　洞穴に、食べ物がある、それに春になれば・・・仲間が。来る。

ダニー。

ダニー　母さん・・・

家畜追いの妻　（低く、切迫し、感情を込めて）ダニー、ほら！大丈夫だよ。約束する。

槍を片手に、ようやくダニーは、母のそばへ歩いて行く。彼女は彼の肩に腕を回し、脇に頼りになるマルティニ・ヘンリーを持つ。

お前が大人になったなら・・・
教えてやるよ、ロバート・パーセンとジョン・マクファーレンがどいつなのか。

彼らは出発のために歩み出す。

暗転。

終わり

パラマタ・ガールズ

アラーナ・ヴァレンタイン

登場人物
マーリーン　一三歳／五七歳　先住民
ジュディ　一六歳／五九歳　先住民ではない
メラニー　一五歳／五八歳　先住民ではない
リネット　一四歳／五七歳　先住民ではない
ケリー　一五歳／五八歳　先住民
ゲイル　一六歳／五九歳　先住民ではない
マリー　一四歳　先住民ではない
コーラル　一六歳／五八歳　先住民

舞台
二〇〇三年と、回想される過去

一幕
一場

パラマタ・ガールズの制服姿のマリーが、屑の山の中、舞台上に座る。ジュディが登場すると、彼女は退場する。
ジュディは観客に話しかける。

ジュディ　弟と、よく手押し車を作った。まあ、台車はくすねてきた古い乳母車とか、ショッピングカートなんかもよく使ったな。その台車の上に載っければ手押し車のできあがり。たまに黒く塗って、でかいやつを、霊柩車って呼んだ。家が丘の上にあって。車に乗って、坂を爆走するの、スリル満点。飛ぶんだよ。思い出すなあ、道路を飛んで、腕を広げて、風が顔に当たって涙目になっちゃって、笑って、叫んで。みんなが見てる。丘のふもとには大通りがあってさ。でも大丈夫、前輪につけたロープで、車輪を横に引っ張る。スピード全開だと結構大変だけど、横にグッて引っ張って、スピンさせて、走ってくる車を避ける。
　あれは最高だった、スリルの連続。でさ、よく肘を怪我したんだよ、アレが発明されるまでは、アレってのは、肘当て。（自分のおでこを叩きながら）ありがたいね。だからそれ以前はいっつも、肘をすりむいてた。皮が剥がれて、血がにじむ。気にしなかったけどね、子供なら普通でしょ？それが、しばらくして、肘の傷が、なんか直らないなって気がついたの。病院に行きたいって言ったって、どうせうちには行くお金なんてなかったし、いつか直るやって思ってた。でもいつまでたっても、なんかずっと、じくじくして塞がらなかった。化膿してるわけじゃ全くなくて、とにかくなんか、ジュクジュクして、痛いの。施設に入れられたら、なんかつけてもらって、結局それで少し直ったんだけど。ごしごし洗ったりとか、洗濯とか、いろいろしなくちゃならないときは、だって、あそこじゃ本当に無茶苦茶働かされたからね、ときどき血が滲んできて、ヒリヒリするところに、白いパウダーを塗らなくちゃならない。

で、やっと治って、まあ、まだ手当は必要なんだけど。だいたい良くなって、でもぶつけたりしたら、たぶん・・・どうなるんだろ・・・たぶん、今度はもしかしたら・・・今度は、治らないかも。なんか、知んなかった、肘の傷が治らないことがあるなんて知んなかった。普通にかさぶたが出来ると思うでしょ？こうなって初めて、肘ってよく使うもんだなあって分かるよ。だって肘を使うと、そのたんびにかさぶたは何回でも割れちゃうから。

彼女は両方の袖をまくり上げ、包帯をした両肘を見せる。

ここ、笑うところ。おかしいよね、今日、肘にテープを貼ってきたんだから。誰かに叩かれるかもしれないと思って。もう何十年も、肘の具合は良かったんだよ。四〇年。あたしがあっちに戻ってからそんぐらいは経ってる。いつも確かめてるんだ、馬鹿だよね。(一拍。)ごくごく普通の肘。四〇年間、具合良かったんだよ。やなんだよね、あの子たちと一緒に座ってお茶飲んでて、ふいに肘が割れちゃうの。ほら、誰か言いそうじゃない、「どうしたのそれ？」って。説明しなくちゃくちゃ、なんて思うのいやじゃない、こんな、気持ち悪い、ジメジメした肘のことなんてさ。「げーっ、変な奴」。今日は行くよ。あの子たちに会うの、すっごい楽しみ。でも、肘には包帯をしといた、念のためにね。

ジュディを舞台に残したまま、パラマタ女子教護院の中庭に光が当たる。舞台上には、大きな、鉄の門の影。女たちが、同窓会のために、その施設に入るのを待つ。多くの者にとって、一〇代のときにここに入れられて以来、施設の中に立ち入るのは初めてだ。高揚し、心待ちにしているムード。何人かは歩いている。

ジュディ　こんにちは。
ゲイル　あら。

気詰まりな沈黙。

ゲイル　で、あんたはいついたの？
ジュディ　一九六一年。あんたは？
ゲイル　一九六一年。(間。)こんなにちいさかったっけって思うよ、きっと。
ジュディ　そうだろうね。
ゲイル　地下牢、まだあると思う？
ジュディ　隔離室のこと？
ゲイル　違う、地下牢。

彼女の背後で、メラニーがコーラルに、あいさつをし、ハグをしている。

ジュディ　地下牢なんて無かったよ。

ゲイル　あたしは覚えてるもの。
ジュディ　そんな悪いもんじゃなかったよ。（一拍。）厳しかったけど、何もかも悪かったわけじゃや。

二人は互いを見る。また気詰まりな沈黙。ゲイルは離れていく。メラニーがコーラルに話しかける。

メラニー　コーラル、今日、不安？
コーラル　ううん、メラニー。（一拍。）でも、なんか入れ歯安定剤、余計につけちゃった。

コーラルは不安げに笑う。

メラニー　コーラルは、なんでここに入れられたの？
コーラル　手に負えない不良。
コーラル&メラニー　（同時に）不健全な家庭環境。
メラニー　ほかには。なんかやらかしたんでしょ。
コーラル　え？
メラニー　（皮肉っぽく）よほどのことをさ。
コーラル　ああ、本当にヤバいことね。
メラニー　学校サボってたとか。
コーラル　あの頃は尻の掻き方間違えただけで、手に負えない子と言われたからね。

二人は笑う。間。

（頭を振りながら）手に負えない子、かあ。
メラニー　最初にここに入れられたのは、手に負えない子だったからら。そして脱走し、ヒッチハイクでウォイウォイへ行って、男と関係を持って、彼がガソリンスタンドで盗みをしてる間見張りに立って、二人とも捕まって。あたしはまたここに入れられた。

コーラルは歩き回り続ける。

コーラル　ケリー、大丈夫？
ケリー　大丈夫だよ、コーラル。
コーラル　ここにはカウンセラーがいるんだよ。
ケリー　あたし、あんたに何かした？
コーラル　え？
ケリー　カウンセラーにかかれなんて。
コーラル　いるって言っただけだよ、ケリー。かかりたかったらいるよって。
ゲイル　カウンセラーって、誰よ？
ケリー　あそこにいる人。きっとあの子だよ。

舞台の向こうの見えない女に身振りをする。

あの子、二五ぐらいかね。
コーラル　きっと、誰がこんな所を作ったのか、教えてくれるね。
ケリー　いや、ここを作ろうって話になったときは、あの人、生まれてもなかったよ。
メラニー　誰も生まれてないよ。

みな門を見上げる。もう一人の女、マーリーンが加わる。

マーリーン　バラマタ。

ゲイル　なに？マーリーン。
マーリーン　先住民ダラグの、パラマタガル氏族のことだよ。バラマタって。
コーラル　パラマタ。

間。

ケリー　一七九六年、ここに、女の囚人を入れる場所が作られた。
ゲイル　知ってるよ。女子工場、でしょ？
マーリーン　それは隣だったんだよ、ゲイル。
ケリー　結局そこが、「クズ入れ」になったんだ。
コーラル　女囚人の赤ん坊を取り上げて、三歳になると、孤児院に入れた。
マーリーン　それがあたしらがいた建物。いつから？
ケリー　知りたい？
ゲイル　うん。知りたい。
マーリーン　気軽に聞くとやばいよ。
メラニー　ケリーは全部年が言えるからね。
ケリー　一八四一年。
コーラル　官立孤児院。
ケリー　一八四四年は？（間。）カソリック孤児院。一八八七年は？
メラニー　女子矯正学校。
ケリー　一九一二年。
マーリーン＆コーラル　（同時に）女子教護院。
ケリー　一九二五年。
ゲイル　パラマタ女子園。
ケリー　一九四六年、パラマタ女子教護院。一九七四年、カンバラ女子院。一九八〇年、ノーマ・パーカー女性支援センター・・・今日に至る。
マーリーン　ゲイル、なんで名前を変え続けてると思う？
ケリー　調査が入って、閉鎖しろと言われるからさ。それで、閉鎖するんだよ、名目上。名前を変えただけで、閉鎖したことになる。
ゲイル　ふざけやがって！
メラニー　やめなよ、口の汚い女だね、その口、石けんで洗うよ。

一瞬、間がある。メラニーがしかめっ面をすると、緩む。

ゲイル　なんでそんなこと全部知ってんの？
ケリー　事実だから。
ゲイル　でもそんな話・・・
ケリー　・・・信じて貰えなかったけどね。
ゲイル　それはいつ？
ケリー　昨日まで。それ以前もずっと。
ゲイル　誰が信じなかったの？
ケリー　別に誰ってことはないよ。―わあ、この施設に、政府の調査があるぞ。裁判所に丸投げしちゃう方がましだ、なんせ裁判所は、この場所に関わる犯罪なんて一度も認めたことがないからな。誰も、ここがどんなに酷いところだったかなんて、聞きたくもないし。―てなわけで、つまり今日こそが、この場所についての話を聞いてもえる、最初の日ってこと。
メラニー　歴史的な瞬間に立ち会う気分なんじゃない？ケリー。

皆笑う。間。

ゲイル　あんたもそう思う?マーリーン?

マーリーン　あたし?あたしは、昔の悪魔たちと、握手する日だと思ってるよ。

マーリーンはメラニーと握手をする。

コーラル　オーストラリアの歴史上、ほぼすべての非行少女が、一度や二度、ここを通り過ぎた。

メラニー　じゃあ、とてつもなく楽しい同窓会になるね!

皆は笑う。長い沈黙。

あたしは本当に、ただ・・・

ゲイル　見たかっただけ。

コーラル　もう一度見たかった。(間。)ここに来た最初の日、女の子の泣き叫ぶ声が聞こえて、教えてもらったんだ、他の子たちが・・・その子に、トイレのブラシで、何かしてるんだって、お前は関わるなって。言われたとおり、それからずっと、うつむいて過ごした。

ゲイル　それで無事に過ごせたのか。

コーラル　まあね。でも人生ずっと、そんな感じだったけどね。

ゲイル　つまり・・・抵抗をしなかったってことだね。

コーラル　(苦々しく)自分に抵抗しないの。

間。

マーリーン　いつまでここに突っ立ってなきゃなんないんだろ?

コーラル　ああ、マーリーン、ずっと待たせられるよ。あたしらに、思い出させるためにね。

ケリーは「門」へ行く。

ケリー　よくそこらへんまで行ったよね。

コーラル　あん時は背も小さかった。

マーリーン　あたし一三、ここ来たとき。

ゲイル　あたしは一四。痩せっぽちで。

ジュディ　小さかった、ホントに。

メラニー　痩せっぽちばっかりだったよ。

ケリー　自分は全部分かってんだって、思ってた。

コーラル　あたしは何でも分かってたよ。

マーリーン　あたしは今でもそう思ってる。

皆は笑う。

メラニー　脱走できると思ってた。

ケリー　でも、壁を登っても、門があっただろ。

コーラル　あった。

メラニー　てっぺんに有刺鉄線があって。

「門」を見ながら皆立つ。

ゲイル　さあ。入れてくれるってよ。

ケリー、ジュディ、ゲイル、コーラル退場。

照明が変わる。マーリーンとメラニーが舞台上にいる。

メラニー　で？あんた名前は？
マーリーン　マーリーン。
メラニー　車から降りないと。
マーリーン　いやだ。あんたは降りたら。
メラニー　え？
マーリーン　あたしはやだ。
メラニー　ほら、二人とも出ろって言ってるよ、マーリーン。
マーリーン　出ない。
メラニー　出た方が良いよ。

メラニーは立つ。マーリーンは足を捻ったかのように立つ。

二人ともって。
マーリーン　絶対間違いだよ。
メラニー　もうやめなよ。

マーリーンは後ずさりする。

マーリーン　あたし行かない。（彼女は叩かれたような反応をする。）痛！
メラニー　ほら。
マーリーン　行かない・・・

マーリーンはもがき続ける。引きずられているような身振りで、泣き叫ぶ。

母さんに会いたい。

二人の少女が退場。

照明が、深呼吸するリネットにあたる。一瞬の後、彼女は自分のバッグから中身をすべて出し始める。彼女は紙くずの山を作り、レシートを折りたたみ、自分のお金を整理する。マリーが登場。彼女はパラマタ女子園の制服を着ている。

マリー　それ、今やること？

間。

リネット　だって・・・待ってる間に・・・ちょっとだけ・・・
マリー　カネを見せびらかしちゃダメ。
リネット　してないよ。
マリー　してるよ。ダメだよ、ああいう女たちの前で。

間。

リネット　あなただって、他の人たちと一緒にここにいたんじゃないの？
マリー　いたよ。だから言ってるんだよ。
リネット　リネット。
マリー　マリー。
リネット　あたしはマリーって子と、ここにいた。（彼女は昔を思い

出すかのように、少し離れた所を見つめる。）あの人たちは・・・
マリー　あの人たちは、上品な町の子たちじゃなかった。今だって、上品な町の人間はいないよ。

リネットは財布にものをしまい終える。

あなたも来る？リネット？
リネット　ううん。ちょっとここにいるよ。
マリー　本当に？
リネット　うん。すぐに行くから。
マリー　それじゃあまた。
リネット　うん。また。（一拍。）それまで、ああゆう子たちに会ったことなかった。あたしの行ってた聖キャサン女子校じゃ、みんなお上品で・・・両家の子で、あたしも、すごく堅い家で・・・ああゆう子たちに会ったことなかった。だって、いっぱい知ってるんだよ、性のこととか、ドラッグのこととか、酷い言葉とか。みんな自分の家族に教えられたんだって。あたしだって、そんなに育ちが良いってわけじゃないけど、あの子たちとは、まったく違うなと感じてたから、つき合うのが本当に辛かった。そうしたら、このマリーって子が、友達になってくれた。友達だった。本当に。

リネットは舞台上に座り、財布をいじる。

二場

女たちが、施設に登場。

コーラル　みなさーん、こっち。地域福祉局が、来訪者ノートにサインをして欲しいって。そしたら、施設を好きに散策して良いそうよ。
マーリーン　あたしはサインなんてしないよ。向こうはあたしの記録を十分握ってるんだから。（一拍。）あっ。
コーラル　臭う？あの、新人用独房だよ。
マーリーン　ここに引きずられて来た。黒い窓の、黒い車から、降ろされて。この独房に。

集団が退場。

舞台の袖、五〇代のゲイルとジュディが登場。

ゲイル　あたしの診断書、二本線引かれたよ。
ジュディ　なにそれ？
ゲイル　あの医者が挿入した指の数。
ジュディ　そんなワケないでしょ。
ゲイル　そうだったんだよ。指の数。二本線は、指二本。二本はまだ処女、三本だと経験あり、四本だと、アレね。診断書に四本線引かれた子には、会ったことないな。あんたは？
ジュディ　ないよ、嘘でしょそんな—
ゲイル　娘がさ、地下牢へは行かないでって言ってた。ろくなことないって。でも、見てみたいんだよね。あの地下牢を。もう一度この目で見たい。
ジュディ　地下牢なんて無かったよ。それに職員が誰かを襲うなんて、あるわけがない。首が飛ぶじゃない。ほかの職員の目もあるんだし。この下に地下牢なんて、絶対無いよ。記憶違いだって。
ゲイル　あったの。
ジュディ　あたしは四年いたけど、記憶にないもの。
ゲイル　あんたは何を知ってるの？
　　間。
ジュディ　知ってるよ。
ゲイル　そうそう、あんたは知ってるよ。何でも。
ジュディ　何だって？
ゲイル　何でも知ってるんだろ。知ったかぶりめ。
ジュディ　あんたなんて知らないよ。
ゲイル　あたしはカラクリをまったく知らなくてさ。あんた、よくあの建物に連れてかれてただろ、あたしらみんな、不思議に思ってたんだ。あんたの人を見下した態度は、よく覚えてるよ。今日そのツラ見たら絶対に——
ジュディ　あんた名前は？
ゲイル　知らないふりすんなよ。誰だか分かってるだろ。こっちはようく知ってるんだ。
ジュディ　あたしの名前はジュディ。
ゲイル　あんたのことは知ってるよ、フェイ・マケル。知らないなんて思うなよ。奴のお気に入りだった。（大きな声で）この女、院長にたれ込みしてたんだよ。一五の時。そんときから分かってたのさ、うまい立ち回り方を。
　　ゲイルはジュディを少し押す。ジュディは押し返す。
ジュディ　押すんじゃないよ。
　　五〇代のコーラルがやって来る。
コーラル　ほらほら。よしな。みんなのための同窓会だよ。
ゲイル　分かってやってたんだよ、コーラル。ずる賢い女。高慢ちき。
ジュディ　何の話か分かんないんだけど。
　　一〇代のメラニーとマーリーンが、新人用独房にいる。
メラニー　（歌って）死にかけのシャーロット婆
　　　枕はしびん壺
　　　泣くは三人のオカマ
　　　聞け今際のひとことを
　　　この世の男とわしゃやった
　　　ニッポン人に露助、ヤンキー
　　　故国に帰りしいま
　　　手合わせをば頼みたい
　　他に面白いの知ってる？
マーリーン　え？
メラニー　面白くて、下品なやつ。
マーリーン　いまの、最低。
メラニー　最低はこの場所が一番だろ。

マーリーン　あんたここに来たことあるの？
メラニー　カンガルーはブッシュでクソするの？
マーリーン　クソとかやめて。
メラニー　（歌って）さあ汚ねえ皮をば剥き
　　　　　ぶっかけておくれよ
　　　　　オカマはみな皮剥き
　　　　　婆にぶっかけた。
マーリーン　やめなよ。
メラニー　なんで？職員が怒るよ。
マーリーン　なんで怒らせたいのよ？
メラニー　怒らせたいから。
マーリーン　あたしはやだ。ここにいるのもやだ。
メラニー　あんたはここに一〇分もいないよ。
マーリーン　良かった。じゃあどっかのところへ連れてかれるんだね。
メラニー　そう、隣の精神病院とかね。ここが不適応ならそういうところさ。

間。

マーリーン　名前は？
メラニー　メラニー。
マーリーン　メラニー。黙って。口をきかないで。
メラニー　あたし命令されてるわけ？
マーリーン　そうだよ。
メラニー　あんたはここに来るはずじゃなかった、違う？

マーリーン　そうだよ。
メラニー　じゃあ、デカい顔をするな。
マーリーン　じゃあ、これ以上あたしを恐がらせないでよ。

メラニーは彼女を見る。マーリーンは今にも泣き出しそうな顔。

メラニー　あのさ。
マーリーン　え？
メラニー　クソちびんなよ。
マーリーン　なに？
メラニー　だから。怖くて漏らすんじゃないよ。

間。マーリーンは心ならずも笑う。

マーリーン　そんな言い方どこで聞いたの？
メラニー　父ちゃんがアカでさ。
マーリーン　どこが赤いの？
メラニー　違うよ。反政府。アンチ。
マーリーン　反政府って？
メラニー　アンチだよ。（一拍。）アンチ、だから、アンチ。

マーリーンは頷く。

マーリーン　であんたは、どうして来たの？
メラニー　家出した。
マーリーン　家出？
メラニー　そう。なに？
マーリーン　したことないな、家出。（間。）いつまでいれば良いんんだろ？この部屋。
メラニー　寮の寝場所が決まるまで。
マーリーン　それから？
メラニー　それから、ドクター・フィンガーの診察。

間。

マーリーン　何でドクター・フィンガー？
メラニー　ぶっとくてきったない指で、挿れてくるから。
マーリーン　嘘でしょ。
メラニー　最初にこう言われるよ、「テーブルに上がれ。これまでやった回数は？」
マーリーン　お医者さんはそんなこと言わないよ。
メラニー　それから挿れてくる。
マーリーン　嘘だよ。
メラニー　アヒルのくちばしって呼ばれてる器具。まじでそれを挿れてくる。
マーリーン　何でそんなことするの？
メラニー　ノミがいるか確かめるため。
マーリーン　ノミって？
メラニー　ケジラミ。
マーリーン　何それ？
メラニー　シモノケにつく奴さ。何にも知らないの？
マーリーン　シモノケって？しもやけのこと？

間。

メラニー　どうしようもない馬鹿だな。ここには一〇分もいないって言ったけど、もって五分だな。
マーリーン　ちゃんとしてれば大丈夫。決まりを守れば何もされない。

メラニーは笑いながら退場。

マーリーンは「ちゃんとしてれば大丈夫。決まりを守れば何もされない。」を呪文のように繰り返している。彼女は前に進み出、服を着たまま、下着を脱ぐ。彼女は床に横になり、脚を開く。それから、脚がもっと開くと、頭を横に向けて泣き叫ぶ。あの医者のように、白いシーツをまとって、ゲイルがやって来る。あの医者がマーリーンを「診察」すると、他のすべての少女たちが彼女のまわりを囲み、加わる。

医者　マーリーン・キニアリーの診断は、下記の通り。身体は健康。器質性疾患、性病は認められず。処女膜は損傷しており、頻繁な貫通があったと認められる。
マーリーン　そんなの嘘。デタラメだよ。
ゲイル　お医者様はお前がふしだらだと言ってるんだよ。
マーリーン　いけ。あっちにいけ。

マーリーンは立つ。ゲイルが彼女ともみ合う。少女たちが皆現れて、不思議の国のアリスと、一九六〇年代のダーリングハースト家庭裁判所の現実が入り交じった、法廷もどきを行う。

少女の一人が、裁判官の小槌をもち、何か堅い物を叩く。みなは、裁判官のガウンとしてシーツを纏い、鬘としてモップの頭をかぶっている。

演者　ダーリングハースト家庭裁判所、開廷。

演者　出廷者は静粛に。

二人の少女がマーリーンを掴み、おさえる。裁判官が椅子に座る。

演者　あなたには、不良で手に負えないとの訴えがあります。そんなあなたを矯正させることができる、唯一の場所があります。

二人の少女は彼女をおさえつけながら、叫ぶ。

演者たち　パラマタへ送れ！

マーリーン　やめて。何も悪いことしてないのに。兄さんたちも妹も連れて行かれて、そんとき奴らが言ってた、あたしも罪に問われるって。

演者たち　育児放棄。

マーリーン　あたしが放棄したの？

裁判官　放棄された罪。

マーリーン　そんなのなんで罪になるのよ？

演者　お分かりでしょう裁判長、この心の狭さが、単純な道徳概念をも理解出来ない障壁になっているのです。

裁判官　うむ、たしかに。

演者　調査書によると、この娘は「知的発達障害の傾向あり」。

マーリーン　そんなんじゃない。

裁判官　静粛に。

マーリーン　でも違うもん——

演者　裁判長、お分かりでしょう、反抗的な精神が、女の体に宿ったらどうなるか。それが、甚だしく遅れた知性と組み合わさったら。

裁判官　うむ、うむ、その通り。

演者たち　パラマタへ送れ。

マーリーン　いやだ。

演者たち　パラマタへ送れ。

マーリーン　やめて。やめて。

彼女は「やめて」と叫び続け、それから舞台上に立って、涙を流す。

女たちはシーツとモップの頭を獲る。彼女たちは白い寝間着を着て、小さな白いベッドのシーツを持っている。

少女たち　（歌って）

霞む岸は　遙か遠く
翼も　ないけれど
漕ぎいだす　小舟さえ
あればいい　あなたと

広い海を　走る舟
乗せた荷は　山ほど
でもどんな　物よりも
大きな　この愛

メラニーはモップと鉄製のバケツを持っている。ゲイルを見つめながら、彼女はマーリーンにモップを手渡す。メラニーはバケツをゴトンと落とす。

マーリーン　え？
メラニー　やりな。
マーリーン　なに？
メラニー　モップ。

マーリーンはモップを取り、水を絞り出し、舞台をモップがけする。ゲイルは彼女の前に行き、マーリーンが今モップがけした床につばを吐く。

ちょっかい出すな。

ゲイルは振り返りメラニーを見る。

ゲイル　誰が言ってんの？
メラニー　あたし。
ゲイル　番号もまだ渇いてない新入りのくせに。
メラニー　いいじゃんか、新しい番号まだ渇いてなくても。
マーリーン　何してるの？
メラニー　うるさい、ひっこんでろ。
ゲイル　あたしが誰だか知ってんの？
メラニー　知らないね、ああ、エリザベス女王かい？えらいブスだとは聞いてたけど。
ゲイル　あたしにそんな口を叩いたら。
メラニー　なんだよ？
ゲイル　職員たちにエラい目に遭わされるよ。
メラニー　なあんだ、奴らの犬か？
ゲイル　とりまとめる人間が必要なんだよ。
メラニー　とりまとめ？
ゲイル　キャプテンって言うんだよ。
メラニー　腰巾着の間違いだろ。
ゲイル　痛い目に遭いたいんだね。
マーリーン　メラニー、もういいよ。
メラニー　父さんが、よく言ってたよ、相手が多いときは、一番でかい口叩いてる奴を潰せってね。

ふいに、メラニーはゲイルの顔を、鉄製のバケツで殴る。少女たちが、メラニーとマーリーンを相手にもみ合う。五〇代のジュディとコーラルが登場。

コーラル　ここで何してるの？
ジュディ　帰る。
コーラル　どうして？
ジュディ　別に良いでしょ。
コーラル　まだスピーチも何もしてないよ。
ジュディ　昔のことは変わらない。やり直そうと思ってる人なんていないよ。昔のことを、ただ蒸し返してるだけさ、哀れなオバハンたちが。

間。

コーラル　前うちらが集まったときは、ロックスへ行って、ご馳走食べたんだよね。大宴会。
ジュディ　コーラル、もういいから、帰りたいの。
コーラル　こんなバス、チャーターしてさ。ピクトンまで行ってやったんだよ、同窓会。
ジュディ　コーラル―
コーラル　アボリジナルの女五〇人に運転手一人。パキスタン人の運転手で、いい人なんだけど、昨日バスの免許取りましたって人。たぶんバス会社が、「ああ、オバハンの団体か、新人にしとけ」ってなったのかもね。そんで、食事してちょっと飲んで、運転手が迎えに来たら、「ちょっと急がなくちゃならない」って、「途中で止まって、お祈りするから」って。それに、もう一人友達のパキスタン人を連れてきてて、その人、走ってる間ずっと運転手と話してんの。
ジュディ　「走行中は運転手に話しかけないでください」。
コーラル　それそれ。で、そのうち誰かが、「キングズクロスに行こう」って叫んだの。
ジュディ　しかもその運転手は行き方を知らない。
コーラル　全然。そしたらみんなが「コーラルが教えてくれるよ」って。

ジュディは今や少し笑っている。

そんで前の方に押しやられて。いきなり女王様になっちゃったわけ。街ん中ずっと、指図してやった。
ジュディ　えらい。
コーラル　ウィリアム・ストリートに入ったら、運転手用のマイク掴んで、キングズクロスのガイドを始めたの。
えぇ・・・「はい、夜のお仕事のお姉さんたちが立ってますね、元気ですかー?」。で、みんな手を振るわけ、五〇人のアボリジナルのオバハン軍団が、バスから、もうギャーギャー騒ぎながら。「あ、お客がいます。あそこのサイズは、車のシガーライターぐらいでしょうか。さあ、かの有名な、風俗店です。風俗店があります。」パキスタン人二人、目ん玉飛び出さんばかりでさ、さっきまでバス運転なんて出来なかったのにさ、とにかくあたしらは、キングズクロスを行く、暴走するパラマタ・ガールズ軍団、もうココら全部あたしらのシマ、みたいな。でっかいバスで細い道無理矢理突っ込んで、風俗の用心棒たちが手を振ってくれて、笑ったわ。泣くほど笑った、ほんと。まわりをみたら、みんな、涙流してんの、笑いすぎて。

ジュディとコーラルは笑い転げている。

ほんと、カウンセラーに五〇年かかるより、ずっと価値があるよ。
分かる?

ジュディはただ彼女を見る。

だからさ、中に戻ろ。

ジュディは頷き、退場。

照明が変わり、ケリーが登場。ブラシを持っている。コーラルとケリーが、渡り廊下をこすり始める。

ケリー　見える？
コーラル　何が？
ケリー　顔上げないで。
コーラル　あのね、顔上げないで、どうやって見るの。
ケリー　毎日見てるから、いま見ることないんだよ。
コーラル　何を？
ケリー　あのレモンの木。
コーラル　ああ。それが？
ケリー　見ちゃダメ。
コーラル　何でよ？レモンの木でしょ。
ケリー　そう。あれであたしたちは医務室に行ける。
コーラル　何のために？
ケリー　クリームとか色んな物のため。
コーラル　あぁ。（一拍。）どういうこと？
ケリー　唇を歯磨き粉でこすると、アカギレが出来て、クリームが
　貰えるだろ？
コーラル　うん。
ケリー　マリーが言うには、レモンの方がもっと良いって。マジで
　唇がカサカサになるって。
コーラル　それでもっとクリームを貰える？
ケリー　そう。
コーラル　でもさ、レモンとか歯磨き粉とか塗って乾燥させなけれ
　ば、別にクリーム要らないんじゃないの？
ケリー　医務室に行けるじゃない。
コーラル　で？
ケリー　で、医務室に行けば、ここから出られるかもしれない。脱
　走さ。
コーラル　脱走？
ケリー　だから、レモンを摘むんだよ。
コーラル　分かった。
ケリー　じゃ。やりな。
コーラル　あたし？
ケリー　うん。
コーラル　なんであたしが？
ケリー　ゲイルは先週、壁をよじ登って脱走しようとしただろ。
コーラル　うん。
ケリー　マリーは前、腕にピンを刺して、それが心臓に回って、救
　急で運ばれたし。
コーラル　わあ！
ケリー　そうだよ。あたしも脚にピン刺そうとしたことあるし。
コーラル　どこ？
ケリー　ここ。傷あるだろ。

コーラルはケリーの脚の傷を確かめる。

コーラル　数字の一七一に見える。
ケリー　一七一なんだね。ガキには。
コーラル　ガキって？
ケリー　何でもないよ。ほら、脱走したくないの

二人はこすり続ける。

コーラル　あたし、レモンなんて取りに行かないよ。
ケリー　行きなよ、さもないと・・・
コーラル　さもないと？
ケリー　痛い目に遭わすよ。
コーラル　（ふいに叫び）あたしはやらない、もう指図はされない。

ケリーはショックを受けて、彼女を見る。

ケリー　何言ってんの？
コーラル　とにかくやらない。
ケリー　あっそ。いいよ。

二人は出て行く。

三場

リネットが入ろうと近づく。出来ない。

リネット　匂いをかぐと思い出す、見ると思い出すんだ、悪魔が片方の腕を掴んで、神様がもう片方を掴んで、引っ張る。あたしの股間が裂け始めても、引っ張り続け、あたしの腹を二つに裂き、子宮を二つに裂き、肺を二つに裂いて。まるで、あたしがもっと強く引っ張られることを望んでいるみたい。もっと強く引っ張って、心臓を二つに裂いて、喉を裂いて、顎を立てに割って、両目をバラバラにしてってって。子どものもの頃の記憶は、みんなこんな感じ。安心できる思い出がない。何か思い出すとすぐ、二つに裂かれ始める。その門をくぐるとすぐ、二つに裂かれ始めるの。

ゲイルが浴場にいる。幽霊のような口笛が聞こえ、彼女は直立する。

ゲイル　入ります。

また幽霊のような口笛が響く。それから、シャワーが出始める反響音。

ゲイルは靴とストッキングを脱ぎ始める。スカートを脱ぎ、下着を半分下げて立っていると、マリーが登場する。彼女の脚じゅうに傷が見える。見慣れぬ包帯や絆創膏。

マリー　大丈夫？
ゲイル　シャワーを浴びるんだ。

間。

マリー　いや、シャワー浴びることないよ。
ゲイル　浴びなきゃだめなの！（彼女はぴょんぴょん飛ぶ。）揺れるおっぱいのダンス。職員に大ウケなんだよね。
マリー　シャワー浴びることないって。
ゲイル　あんたは浴びたの？
マリー　ううん。今日はあたしたち浴びないんだよ。
ゲイル　今日は浴びなくていいの？

マリー　うん。

ゲイルは彼女を見る。

ゲイル　でも毎日浴びることとって。
マリー　ううん、今日はいいの。
ゲイル　あたし、二分しか浴びないよ。あんたは長い？
マリー　まあ、そんなに長くはないけど。
ゲイル　ほら。これだよ。これが、消せない印。

彼女は、想像上の刻印を洗い落とそうとして、皮膚をこする。

マリー　でも浴びたいだけ浴びれたけどね。あんたもそうでしょ。家に帰れば。
ゲイル　帰らないもん。
マリー　そうか。
ゲイル　湯船つかる人？
マリー　ううん。
ゲイル　ほら。これだよ。これが、消せない印。

間。ゲイルはふいに、自分のしていることに気がつき、慌てて服を戻す。

マリー　ねえ、大丈夫？誰かここに一緒にいるの？

間。

ゲイル　真冬に毛布と枕持って車の中で寝かされた。蜘蛛がいてすごく怖かった。いつも、思い出すんだ、バックシートで蜘蛛を見つけたこと、おんぼろの、ジョージの車。あいつを父さんとは呼びたくない。ジョージって呼んでやる、父親らしいこと何もしなかったんだから。あの日からずっと、蜘蛛が怖いの…あたし…夜、車の中で寝ることになって、そしたら蜘蛛が、顔の上を歩いて・・・飛び出して・・・親のとこに・・・義理の親のところに駆けてって、「車の中に蜘蛛がいた」って言ったら。父親に無茶苦茶ぶん殴られて、蹴倒されて、椎間板ヘルニアになって、三週間歩けなかった。まだ子供だったんだよ、子供だよ、子供。あの時一四ぐらいだったらなあ。人に信じて貰えないんだよ。
マリー　信じるよ。（短い間。）上の庭に行かない？
ゲイル　家に帰りたくない。
マリー　うん、帰ることないよ。ちょっと良い空気吸いに行こう。そしたらまたここに戻ってきたらいいじゃん。

マリーとゲイルは退場。

ケリーが登場。彼女はマッシュポテトの入った二つの大きな鍋を運んでいる。大きなポテトマッシャーで、マッシュポテトを作り始める。マーリーンがマッシャーを取るが、まるで生まれて初めて台所に立ったかのようである。

ケリー　そうじゃない。すり潰す。

マーリーンはもっと強くすり潰す。

もっと身を入れて。粉々にしてやりたい奴を思い浮かべて。

マーリーンはすり潰しているが、自信が持てない。
それ粉々にしてんじゃないだろ。それじゃゴマすってるよ。
マーリーン　腕が折れる。
ケリー　腕が折れるってのはこうだ。

ケリーはマーリーンの腕を後ろにひねる。

マーリーン　きゃっ。
ケリー　さあ、ポテトを潰しな。

マーリーンはもっとずっと力を入れて潰す。

ケリー　いいね。あたしの頭が潰されてるみたいだ。
マーリーン　そのとおりだよ。
ケリー　いいぞ。

ケリーはそれからポテトからマッシャーを取り、マーリーンに大きなマッシュポテトの塊を飛ばす。ケリーはすぐに飛ばし返す。二人はマッシュポテト投げ合戦を始める。二人は笑いながら続ける。マーリーンは歓声を上げ、ケリーは手を彼女の顔に当てる。

デカい声出しちゃダメだよ？

マーリーンは頷く。ケリーが彼女を放すと、マーリーンはまた歓声を上げる。今度はケリーが彼女の口を押さえるのに苦戦する。

デカい声出すなって言ったろ。あたしは暇つぶしでやってんじゃないよ。ここの職員がどんな奴らか知ったら、すり潰したい奴の頭を思い浮かべられるだろう。さあ、デカい声出さないって約束しな。

マーリーンは頷く。

約束破ったら、熱いイモを顔にくっつけてやる。ホントにやるからね。

マーリーンは怯えて、頷く。

こんなこと言ってごめんね、でもここの婦長に捕まったら、あたしら終わりだから。
マーリーン　終わりって？

ケリーはマーリーンにタオルを渡し、マーリーンはそれで拭う。ケリーはマーリーンの顔のポテトを拭ってやる。二人は黙ってポテトを潰す。

ケリー　ところで、あんたなんでここに来たの？
マーリーン　育児放棄。
ケリー　どんぐらい居ろって？
マーリーン　六ヶ月。あんたは？
ケリー　ああ。あたしは保護処分、手に負えない不良だって。月齢三ヶ月の時に。
マーリーン　じゃあここにはどのぐらいいるの？

ケリー　ここ？六ヶ月、あと残り三ヶ月。期間ってだいたいさ、六ヶ月と九ヶ月なんだよね。
マーリーン　なんで？

ケリーは肩をすくめる。

ケリー　妊娠の月の数じゃないかな。（間。）これまで行ったのは、ビジュラ、クータマンドラ女子園、パラマタのここ、里親が二軒。
あんたは、困ってない？
マーリーン　大丈夫だよ。ここは怖くない。
ケリー　そりゃ良かったね。あたしは死ぬほど怖いからさ。

二人は黙ってポテトを潰し続ける。

モーリーって町の最後の里親の家ではさ、日曜日に墓地に行くことだけ許してもらったんだ。
マーリーン　だけってどういうこと？
ケリー　それ以外には行っちゃダメだったの。
マーリーン　ダメだった？
ケリー　あんたさ、耳遠い？
マーリーン　でも、ダメだったって、どういうこと？
ケリー　白人がいるときは、墓地に入っちゃダメだったの。
マーリーン　誰が言ったの？
ケリー　決まりだよ。ずっと。あたしが知るか。
マーリーン　日曜日の他は、亡くなった人に会いに墓地に行けないってこと？
ケリー　墓地は日曜日、コインランドリーは金曜日。映画は行ってもいいけど、他の人と一緒に並んでも、最前列にしか座れないし、映画が終わる前に出てこなきゃダメ。街の公の建物にも立ち入っちゃダメ。
マーリーン　なんであたしにそんな話するの？
ケリー　だって、あんたも一緒だから。
マーリーン　違うよ、あたしは。
ケリー　そう。
マーリーン　あたしをクロンボだっていうの？
ケリー　いや。
マーリーン　そう言ってるよ。
ケリー　受けとめないと。
マーリーン　受け止めないよ、そんなの。

間。

ケリー　すぐ分かる。
マーリーン　何が？
ケリー　歳が来たら分かる。
マーリーン　どういうことよ？
ケリー　クロンボは投票できない。
マーリーン　なにそれ？
ケリー　選挙とか。
マーリーン　嘘だよ。
ケリー　ホントだよ。あたしらは、この大陸の動植物の一つなのさ。
マーリーン　あたしらなんて言うな。

ケリー　分かったよ。
マーリーン　クロンボじゃないもん。
ケリー　なんで？
マーリーン　クロンボは酔っ払いで、仕事しなくて、汚い。
ケリー　じゃあ、なんでそんなこと知ってんの？
マーリーン　みんな知ってるよ。
ケリー　じゃああんたは何なの？
マーリーン　お父さんは、違うもん。
ケリー　でも黒人でしょ。
マーリーン　いい人だもん。いい人いっぱいいるよ。黒人がみんな、クロンボなわけじゃないよ。

間。ケリーは、あえて頷く。

ケリー　そうだね、でもクロンボはみんな、黒人なんだよ。

マーリーンは五〇代の自分になる。

マーリーン　あたしたちは捕まって、処分を決められた。育児放棄と決めつけられて、狭い部屋に入れられた。一週間。みんな一緒だったけど、そこは刑務所の牢屋。なんでこんなことするの？おばさんのとこに置いてくれたら良かったのに。それか別の家族のところに。
　あたしとクリスティナはビデュラにいて、男の子たちはそこから道を少し行ったところに入れられた。少年の家。土曜日によくみんなで映画に行ったら、ヴァルハラ座でその子たちに会えた、なのにある日、いなくなった。あたしの兄や弟はどこにいるのって、他の男の子たちに叫んだら、別の施設に移されたって。それからは、あたし、クリスティナをいつも見に、育児室へよく行ってた、だってクリスティナは違う部屋にいたから、無事を確認して、それから学校へ行ってた、ホントは学校には行きたくなかったんだ、だってあの子を置いてきたくなかったから、あの子もいなくなっちゃうかもしれないと思って。それからしばらくして、ある日、あの子もいなくなった。（一拍。）ずっとあの子を見てたのに。奴らをとめられなかったんだ。

四場

少女たちは宿舎の立ち入り検査のために並ぶ。皆、シーツと下着を見せる。

マーリーン　何してるの？
マリー　宿舎の検査。いつものこと。
マーリーン　何か見つかったらどうなるの？
ジュディ　独房行き。
マリー　マットレスのみ。ベッド無し。
ケリー　裸足。四六時中明かりがついたまま。パンと水だけ。
ジュディ　あるいはおそらく、全員が立たされる。
マリー　一ミリも動いちゃだめ。
ケリー　何時間も。
マリー　寮であたしが喋っちゃって、五日間立たせられたことあったよね？
ジュディ　そう、でもあんたは脳が足りないから、別に平気だろ。
二人の女が、メラニーをベッドへ押し込む。他の者たちは退場。
コーラルが登場し、メラニーが眠っているところへ歩いて来る。
彼女はそっとメラニーを揺する。
コーラル　メラニー。ちょっと、メラニー。
メラニー　何？
コーラル　いびきかいてたよ。
メラニー　かいてないよ。
コーラル　かいてた。それに眠りながら泣いてた。
メラニー　うるさい。
コーラル　泣いてたよ。
メラニー　うるさい、ぶん殴るよ。
コーラル　やってご覧よ。
メラニー　なに？ぶん殴られたいの？
コーラル　あんたなんて怖くないよ。
メラニー　コーラル、眠りなよ。
間。
コーラル　院長に言うからね。
メラニー　言えば。
コーラル　言うよ。まじで。
メラニー　何を言うのさ？
コーラル　あの職員があんたにしてることを話す。
メラニー　（体を起こしながら）どの職員？
コーラル　シャワー室で。
メラニー　なに？
コーラル　見たんだよ。あいつがあんたにしてることを。
メラニー　何の話してんの、コーラル？
コーラル　あいつあんたとやって、それから良い子だって言ってた。
間。
メラニー　声が大きいよ。
コーラル　院長に言うよ。
メラニー　言うの？
コーラル　ああ。
メラニー　あいつがあたしにアレしてたって？
コーラル　ああ。
間。
メラニー　あいつはそんなの屁でもないよ。
コーラル　そんなことない。
メラニー　屁でもない。あたしは困るんだ。嘘つきになるから。
コーラル　でもあいつがしてるの見たもの。
メラニー　あたしもあんたも困ることになるよ。
コーラル　あいつもね。
メラニー　いいや。あいつは違う。

コーラル　なるよ。
メラニー　ならない。
コーラル　なるの。なるって。決まってる。

間。

メラニー　寝なよ。
コーラル　言うよ。明日。
メラニー　あいつら調べるよ。
コーラル　調べないよ。
メラニー　あたしを調べる。
コーラル　誰が？
メラニー　ドクター・フィンガー。

間。

コーラル　で？
メラニー　それからあんたを調べる。そんで、こいつは自分のことを言ってたのかってことになる。

間。

コーラル　じゃあ、あたしは何を言えば？
メラニー　何も。
コーラル　黙ってられない。
メラニー　なんで？

間。

コーラル　なんかおかしいんだよね。
メラニー　どういうふうに？
コーラル　血が止まった。
メラニー　げっ。
コーラル　何か差し込んでおかなくちゃ。それともあいつに言うか。
メラニー　言っちゃダメ。
コーラル　助けてくれるかも。
メラニー　馬鹿っ！ここに来たときはもうそうなってたと言いな。
コーラル　でもドクター・フィンガーに検査されちゃう。
メラニー　誰もそんなこと気にしないよ。あんたが最初からそうだったって言えば、診断は間違えだったってことになるって。
コーラル　なんでそうなるの？
メラニー　その方が楽だから。
コーラル　何か差し込んでくんない？
メラニー　やだよ。
コーラル　お願い。
メラニー　コーラル、寝なよ。
コーラル　眠れない。（一拍。）一緒に寝て良い？
メラニー　やだよ。
コーラル　お願い。
メラニー　やだ。もう口きくな。

間。

コーラル　良い子だって言ってくれたんだよ。
メラニー　だろうね。

コーラル　良い子だって。

メラニー　うん。

　コーラル退場。メラニーはまた眠る。

　リネットはまだ外に座っている。彼女は前に歩み出る。鎖骨のあたりをこすっている。

リネット　地上最低のカスだって言われてきたけど、自分のこと大好きだよ。

　次の台詞の最初半分を通して、彼女はおでこ、目の下、口の下、指の脇を軽く叩く。

信用出来ない人間だと言われてきたけど、自分のこと大好きだよ。人と関わることが出来ないと言われてきたけど、自分のこと大好きだよ。親との関係に深刻な問題があったけど、自分のこと大好きだよ。何の価値もない人間と言われてきたけど、自分のこと大好きだよ。ろくなもんにならないと言われてきたけど、自分のこと大好きだよ。今までもこれからも、誰もお前に関わりたくないと言われたけど、自分のこと大好きだよ。役立たずだ、クズだ、卑怯者だと言われてきたけど・・・自分のこと大好きだよ。前に閉じ込められてた場所にだって、入ることが出来る。前に閉じ込められてた場所へ、今から入る。もうすぐ、中へ入るよ。

　彼女はこの繰り返しをやめ、中には入れず、座る。

五場

　食堂。キャスト全員が隊列を組んで行進し、長いテーブルに着席して、食事を取る。
ジュディ　あのものまねやって。
マリー　ヴランクヴルト、タベナサイ！
マーリーン　婦長だ。
マリー　ヴランクヴルト、ホウレンソウ、タベナイト、はんがりーニ送リカエスヨ！
ケリー　どこに？
マリー　はんがりー。アタシはんがりーカラ来タカラ。
マーリーン　マリー、うまいね。ねえうまくない？メラニー？
メラニー　似てる。
マリー　そう？いい？ダカラ、今朝ノ粥ニ象虫ハイッテナイデショ。マッシュポテトハ固イノ入ッテナイデショ。外ノ子供モ食ベラレナイヨウナモノ何デモ食ベラレルワケナイヨ。
メラニー　婦長はハンガリーじゃないよ。ロシアだよ。
ジュディ　違う。ドイツだね。
マリー　アタシハはんがりーダヨ。はんがりー。ダカラミンナヲはんぐりーニサセテモ、コンナニ和ヤカナノヨ。
ケリー　ホント、もういいよ。
マリー　静カニ。静カニ。しぇいくすぴあノアノ役ヤリタイカラコンナ目ニ遭ウノヨ。
メラニー　黙れ、マリー。
マリー　ホントダヨ！デモソノ役手ニ入レルニハ、特大みーとぼーる食ベルシカナイヨ。特大みーとぼーるノ大盛リタマネギ添エ。
コーラル　オエーッ、ゲーッ。
マリー　げーっナンテ言ッチャ駄目。アナタ。げーっナンテ。食ベ物嫌イナワケジャナイデショ。ダッテ明ラカニ体重増エテルデショ。アナタドンドン太ッテルヨ。
メラニー　もうやめて、マリー。
マリー　おぇーっ、げーっ。コノみーとぼーるノコトソンナフウニ言ッテ。院長ノ腰ニブラ下ガッテタ、コンナ美味シソウナみーとぼーるヲ。
ゲイル　腰じゃないだろ。続けて、婦長先生。
マリー　私ハ院長ノみーとぼーるヲ舐メルノ大好キ。院長ハ私ノヲ舐メルノ大好キ！

少女たちはみな狂ったように笑っている。

マーリーン　コノりっそうる食ベナカッタラ、コノるばーぶ食ベナクチャ駄目。

少女たちはみな唸る。

メラニー　マーリーン。あんたまでよして。
マーリーン　コノるばーぶハ、コノ鼻水ミタイニ黄色イかすたーどツケタラ美味シイノヨ。
メラニー　やめてって。
マーリーン　ホラ、こーらる、コッチ来テ、るばーぶ食ベナサイ、びーろんト伸ビタ黄色イ鼻水ツキ。

コーラルはテーブルから離れて、隅で吐く。

マリー　あの人どうしたの？
メラニー　やめろって言ったじゃない。
ケリー　なんで吐いてんの？
マーリーン　メラニー、どうなってんの？
メラニー　そっとしときな。言ったでしょ。
マリー　あの子、第四宿舎にいかなくちゃならないんだよ。
マーリーン　第四宿舎って？
メラニー　具合悪いとき行くとこ。
ケリー　それか妊娠ね。
マーリーン　何それ？
メラニー　夜にブギーマンに襲われて、そうなっちゃうってこと。
マーリーン　何に？
メラニー　ブギーマン。

間。

マリー　メラニー、ブギーマンに襲われたことあるの？
メラニー　ううん。
マリー　じゃどうして知ってんの？
メラニー　さあ。聞いただけ。他の子が言ってた。
マリー　夜。
メラニー　うん。
ゲイル　自分の家で？
メラニー　うん、たぶんね。

マリー　それってさ、一緒に暮らしてる誰かってことじゃん。（間。）あんたの兄さんとか。
メラニー　あんたの兄さんだろ?あんたの兄さんそんなことしてたの?
マリー　ばか。そんな異常な兄弟いないよ。
メラニー　じゃ、うちもいない。
ゲイル　それじゃ、お父さんだよきっと。

間。

メラニー　え?
ゲイル　お父さんにそんなことされたって話、聞いたことあるよ。
メラニー　どの子?
ゲイル　さあね。前ここにいた子。
メラニー　どの子?
ゲイル　知らないよ。
メラニー　しーっ、婦長だ。

六場

少女たちは、教会でかぶるような小さな帽子をかぶり、賛美歌を歌い始める。

全員（歌って）救いの主は　ハレルヤ
蘇り給う　ハレルヤ
勝関上げて　ハレルヤ
みなを称えよ　ハレルヤ

皆ひざまずく、ゲイルを除いて。

ケリー　何してんの?
ゲイル　大丈夫。
ケリー　ゲイル。ひざまづかないと。
ゲイル　ううん、ひざまづいても意味ないから、口で説明する。聞いてくれるよ、あたしはキャプテンなんだから。
ケリー　彼が来るから、跪いた方が良いって。
全員（歌って）救いのわざの　ハレルヤ
遂げられし今　ハレルヤ
みくにの門も　ハレルヤ
広く開きたり　ハレルヤ
ゲイル　私はあえて、ひざまずきません。
ケリー　ゲイル、ひざまずくんだよ。
ゲイル　いいえ、神を軽んじてはいないけれど、私は神を信じてはいません、だから、信じているふりをするのは、もっと軽んじることになるでしょう。
全員（歌って）死の針いずこ　ハレルヤ
退け黄泉よ　ハレルヤ
君はいくさに　ハレルヤ
打ち勝ちませり　ハレルヤ
ゲイル　神父さんだったんです、一三歳の時、あたしを傷つけたの。その時から、神を信じなくなりました。（間。）本当に、ひざまずいて、神を軽んじることはしたくないんです。

ゲイルは地面に押さえつけられる。頭、両足、両腕、背中を次々殴られているような反応をする。

全員（歌って）先立つ君に　ハレルヤ
従う我ら　ハレルヤ
君のごとくに　ハレルヤ
甦るべし　ハレルヤ

ゲイル（叫んで）やめて。やめて。

全員（歌って）十字架を忍び　ハレルヤ
死にて死に勝ち　ハレルヤ
生きて命を　ハレルヤ
人にぞ賜う　ハレルヤ

コーラルが不意に立ち上がる。

メラニー　コーラル、立つな、同じ目に遭うよ。

だがコーラルは立ったまま。

コーラル　彼に言いました。
メラニー　何を言ったの？
コーラル　言わなくちゃならなかった。
メラニー　こんなふうにはダメ、コーラル。
コーラル　いいえ、あたしは神を信じてます。でも無理矢理ゲイルを押さえつけるのはおかしいと思う。

コーラルは顔と腹を殴られたように反応する。メラニーは彼女をみて、それから立ち上がる。

メラニー　あたしもです。
マーリーン　あたしも。
メラニー　マーリーン、あんたはだめ。
マーリーン　あんたが立つなら、あたしも立つ。

コーラルは腹を繰り返し殴られたそぶり。

メラニー　彼があんたのとこへ来ても、泣くな。
マーリーン　え？
メラニー　どんなことがあっても、泣くな。満足感を与えるな。
マーリーン　うん、泣かない。
メラニー　やって来たら、相手の目を見ろ。怖くないぞって。
マーリーン　泣くな。目を見ろ。
メラニー　そう。

彼女らの背後で、コーラルは殴られ続けている。それからマーリーンが打ちのめされ、蹴りを入れられ、それからメラニーが打ちのめされ、殴られる。

全員　とわのいのちは　ハレルヤ
君にこそあれ　ハレルヤ
みわざを称え　ハレルヤ
恵みを歌わん　ハレルヤ

照明が変わり、少女たちは一列に座り、待っている。

コーラル　歯が欠けた。
メラニー　なんで彼に言ったの？
マーリーン　言ったって何を？
コーラル　だまれ、メラニー。だまってろ。
メラニー　分かった、分かった。あんた大丈夫？
コーラル　ずっと蹴られてた。
メラニー　腹でしょ。見たよ。
コーラル　メラニー、頼むから、何も言わないで。
マーリーン　なんで彼は腹を蹴ってたの？

他の少女たちは群がって、ひそひそ喋り始める。

メラニー　あんた。黙れよ。そもそもあんたが始めたんだ。
ゲイル　この子は立つことなかったんだよ。あたしが勝手にやってたのに。
メラニー　へえ。大きなお世話か。
ゲイル　そこのバイタに、加勢してくれなんて頼んじゃいない。
メラニー　お前がバイタだよ。
マーリーン　やめて。やめて。二人とも。ほら。

コーラルは怯えながら立ち、舞台袖へ行く。

なんであの子の腹蹴ってたの？
メラニー　赤ん坊を流そうとしてたのさ。
マーリーン　なんでそんなことを？
メラニー　何でだと思う？

マーリーンは、気付いて、彼女を見る。

七場

マリーが歌いながら登場。

マリー　（歌って）空高くヒバリが
朝空に歌ってた
黒い鳥の歌も聞いた
ツグミの歌も
でもどれもかなわない
私の　歌う鳥
私の　歌う鳥

来て私のもとへ
居心地良いその巣から
もし来てくれたら　胸で
あたためてあげるから
だってだれもかなわない
私の　歌う鳥
私の　歌う鳥

ゲイルとケリーが登場。小さなぬいぐるみを持っている。

ゲイル　こんなの見つけたんだけど。

マリーはそれをひったくりに行くが、ゲイルは渡さない。

何これ？

マリー　ゴミだよ、福祉局がよこした。
ゲイル　ゴミじゃないでしょうよ、あんたのベッドにあったんだ。
マリー　職員に取られちゃうから。
ゲイル　マリーはネンネなんだねえ。
マリー　違う。
ゲイル　じゃあ証明しな。
マリー　え？
ゲイル　腕をちぎって。

間。

マリー　ああ。いいよ。
ゲイル　さあ、どうぞ。

マリーは腕をちぎろうとする。

マリー　ちぎれない。
ゲイル　力入れてないんだよ。
マリー　ねえ、ゲイル。馬鹿みたいだよ。あたしぬいぐるみなんて嫌いなんだから。
ゲイル　ちぎれ！

間。マリーはぬいぐるみの腕をひっぱり、ちぎる。

マリー　ほら。信じてくれた？

マリーはぬいぐるみをもう少しちぎる。

ゲイル　分かった。確かめたかっただけ。

二人は退場。彼女はそのテディベアを掴む。

マリー　ああ。ごめんね。ごめんね。大丈夫だよ、絶対。ミシン室から綿を取ってきて、前よりキレイに縫ってあげるからね。怒ってないよね？あぁしなかったら、もっと酷いことさせられたかもしれないんだよ、燃やせとか。捨てろとか。絶対に捨てないからね。絶対絶対、捨てないし、誰にも見つからないようにして、二度と酷いことはさせない。シーっ。あなたのママはここにいますよ。新品みたいにキレイに縫ってあげるからね。

八場

マリーはおまるを後ろに結び、「外を」歩く。

リネット　マリー？
マリー　うん。
リネット　それ背負えって、誰に言われたのよ？
マリー　誰だろうね。

リネット　もう下ろしなよ。
マリー　どうせまた背負うことになるから。
リネット　なんのために？
マリー　ベッドをぬらすから。

間。

リネット　マリー、どうしたの？
マリー　何にも。
リネット　ねえ。ここに二人でいるときは、それ下ろしな。

マリーはおそるおそる見回す。そしてそれを下ろす。

またおねしょしてるの？

マリーは頷く。

マリー　頑張ってるんだよ、リネット。しないように、一生懸命。昼ご飯の後、何も飲ませてもらないの。一滴も。夜おねしょしないように。でもとっても喉が渇いて。

リネットは財布から小さな瓶を取り出す。

リネット　ほら。これ飲みなよ。
マリー　だめ。
リネット　さあ。
マリー　だめ。おねしょしちゃう、もっとひどくなる。

間。

リネット　何があったの、マリー？
マリー　あたしの家族、交通事故で死んだって聞かされてきたの、知ってるよね？
リネット　うん。
マリー　本当は死んでなかったんだ。

間。

リネット　でもどうして死んだなんて言ったんだろう？
マリー　院長が言ったんだよ。親が、院長にそう言ってくれって頼んだのかな？
リネット　いや。たぶん院長は勝手に・・・分かんないけど。でもなんでそんなこと言うんだろう。

間。

マリー　喋らないって約束して。
リネット　約束する。人には絶対言わない。

マリーはおまるをまた背負い、退場。

リネットは泣いている。そこにジュディが登場。

ジュディ　何してんの、こんなとこで？
リネット　休んでただけ。

間。

ジュディ　学習室見つけたよ。
リネット　まだ椅子全部揃ってた？
ジュディ　ううん。でも同じ匂いがした。
リネット　チューインガム。
ジュディ　チョークの粉。
リネット　トマトソース。
ジュディ　食堂の向こう。
リネット　そう。
ジュディ　見たことある？（間。）入ったことは？
リネット　うん。いや・・・ううん。
ジュディ　じゃあ来なよ。

リネットは立ち上がる。彼女は虫の知らせで動揺している。それからまた座り込み、泣く。

リネット　行けない。
ジュディ　泣くのやめればすぐ行ける。
リネット　・・・え？
ジュディ　いますぐ泣くのやめな。
リネット　でも・・あたしたちがここに来たのは・・・
ジュディ　あたしは違うよ。

間。リネットは少し涙を拭う。

リネット　泣いてもしかたないでしょ。
ジュディ　もう誰も、あなたに何もしないだろ？
リネット　うん。
ジュディ　一晩中閉じ込めたりしないだろ？
リネット　そうだけど・・・
ジュディ　昔はされたけど。
リネット　うん。
ジュディ　もう何年前の話？（間。）ねえ？あんたはどういうとき泣くの？
リネット　どういう意味？
ジュディ　だからあ、何がきっかけでボロボロ泣くと思う？
リネット　え・・・ここを見て。記憶が甦って。
ジュディ　悪い記憶。
リネット　そう。
ジュディ　でもここでの苦しかったことは、人生のすべてじゃないでしょ？
リネット　そうだけど・・・
ジュディ　そうだけど、そこに留まっていると、なんかスリルを感じる。
リネット　そんなことないよ。
ジュディ　その残酷さに。その恐怖に。

間。コーラルは隅から顔を出す。

コーラル　あ、あたしは関係ないから。
ジュディ　コーラル。来て。その同窓会の話をしてよ。
コーラル　楽しかったよ、あれは。
ジュディ　そう。で、どこでやったの？

コーラル　ピクトンの、ストーンクォーリー・ロッジ。
ジュディ　ふうん。
コーラル　オブザーバーホテルで、ご馳走食べたよ。
ジュディ　そう言ってたね。
コーラル　ロックスの。
ジュディ　もう三年行ってないな。
コーラル　ロックスの。
ジュディ　そこも良かった？
コーラル　良かったよ。
ジュディ　みんなで美味しいご飯食べたんだ？
コーラル　キャプテン・クック・クルーズに予約してたんだけど。
ジュディ　ハーバー・クルーズ？
コーラル　乗らなかった。
ジュディ　へえ？
コーラル　列の後ろに行けって言われてさ。
ジュディ　誰に？
コーラル　ツアーの人に。
ジュディ　うそ。
コーラル　あたしらみんな前に並んでてさ。
ジュディ　うん。
コーラル　そんでフェリーが来て。
ジュディ　うん。
コーラル　で、その女が言ったの、「他のお客様がご乗船になる間、後ろでお待ちください」って。
ジュディ　頭おかしいだろ。
コーラル　でもそうじゃないんだよ。
ジュディ　あんたらはパラマタ・ガールズだろ？
コーラル　みんな、列の後ろに行けって。
ジュディ　うそ。
コーラル　ビリッけつに行けって。
ジュディ　うそ。
コーラル　どうよ。
ジュディ　でもその女、何でそんなこと言ったのかね？
コーラル　さあねえ、でもきっと、蛇のうじゃうじゃはいった袋をあけちゃった、みたいに思ったんじゃないの。
ジュディ　目に浮かぶ。
コーラル　あたしら、ギャーギャー騒ぎまくってやったから。
ジュディ　目に浮かぶ。
コーラル　あんたんとこのキャプテン・クック・クルーズ、どうなるか分かってんのか。
ジュディ　糞食らわすぞ。
コーラル　沈めるぞ。
ジュディ　沈めるぞ！
コーラル　そんぐらい怒ってたのよ。
ジュディ　分かる。
コーラル　パラマタの。大噴火よ。
ジュディ　大噴火。
コーラル　活火山みたいな。
ジュディ　え？
コーラル　ね。

ジュディ　ああ、そうね。
コーラル　とにかく、大噴火。
ジュディ　で、乗んなかった？
コーラル　クルーズ予約してたのに。
ジュディ　予約したのに。
コーラル　女が三〇人。
ジュディ　ドレスアップして。
コーラル　乗らなかった。
ジュディ　そう。
コーラル　列の後ろにも並ばないし。
ジュディ　並ぶかよ？
コーラル　ねえ。
ジュディ　怒り狂って。
リネット　「列の後ろに並んでください」。
ジュディ　間違ってる。
コーラル　あたしら、ずっとそこに立ってたの。
ジュディ　待ってたんだね。
コーラル　フェリーが戻ってきて、そしたらあの女だよ、キャプテン・クック・クルーズの制服着た。
ジュディ　「列の後ろに並んでください。」
コーラル　あたしは並ばなかったよ。
リネット　並ぶかよ？
コーラル　で、ほかの人たちも皆並ばなかった。
ジュディ　そうでなくちゃ。
コーラル　脚が痛くてさ。

ジュディ　もう若くないから。
コーラル　立って、フェリーを待ってた。
リネット　「列の後ろに並んでください。」
コーラル　はぁ？何のことですか？
ジュディ　お金返して貰うべきだよね？
コーラル　当然払い戻しよ。
ジュディ　当然でしょ。
コーラル　謝罪もね。
ジュディ　そのとおり。
コーラル　それでもまだ、あたしらはフェリーに乗らないだろうね。

ジュディは笑う。

キャプテン・クック・クルーズのその女、あたしらみたいなのには二度と会いたくないと思っただろうね。
全員　「列の後ろに並んでください。」
コーラル　あの女、当分その台詞を言うこともないだろうね。
ジュディ　言う機会無いよ。
コーラル　あたしに指図はさせないよ。
ジュディ　そうだ。

二人の後ろで、リネットは立ち、施設の中に入っていく。コーラルとジュディは、ワクワクしながら、彼女に続く。

九場

マーリーンが彼女たちを通り過ぎる。大きなシチュー鍋を運んでいる。

彼女は裏口が開いているのに気がつく。辺りを見回し、誰かを呼びに行こうとするが、シチュー鍋を持っていることに気がつき、慌てる。

彼女は鍋を置き、どうしたものかと、舞台を前に後ろに走る。

舞台の横に走っていくと、そこでケリーに会う。

マーリーンは喋れない。彼女は頭を振る。

ケリー　なに？
マーリーン　行けなかった。すぐそこだけど。
ケリー　どこへ行けないって？シチューはどこ？
マーリーン　置いてきた。
ケリー　なに？
マーリーン　置いてきた。
ケリー　なんだって？
マーリーン　置いてきたの。
ケリー　どうすんだよ。あたしら殺されるよ。シチューだよ。
マーリーン　そうだね。
ケリー　どこへ置いてきたんだ？
マーリーン　途中。隔離室の子たちのとこに行く途中。
ケリー　隔離室の子たちにシチューを届けることになってたんだろ。
マーリーン　そう。でも、行けなかった。
ケリー　どうして？
マーリーン　分かんない。
ケリー　なんでよ、マーリーン？
マーリーン　怖かった。
ケリー　何が怖かったの？
マーリーン　見に来てよ。

二人は舞台中央に走り、ケリーは開いた門を見る。

ケリー　うわあ。門が開けっ放しだ。
マーリーン　誰がやったんだろ？
ケリー　さあね。ゴミの収集人かも。来な。
マーリーン　え？
ケリー　さあ、行こう。
マーリーン　どこへ？
ケリー　脱走だよ。来るだろ？
マーリーン　行けないよ。
マーリーン　行けないの。
ケリー　どうして？
ケリー　ほら、マーリーン、あたしがついてるから。（間。）来ないなら、一人で行くよ。

マーリーンは固まったまま。ケリーは別れのハグをして、それから門の方へ退場。マーリーンはシチュー鍋を拾う。彼女はうらやましげに外を見る。

照明が消えてゆく。

一幕終わり

二幕
一場

五〇代のケリーとコーラルが登場。

ケリー　ああ、コーラル。
コーラル　ああ、ケリー。
ケリー　あんた、ここでの扱いが、自分は違ったと思ってる？
コーラル　そうだね。
ケリー　そうなの。
コーラル　うん。だって、明らかでしょ。（間。）この腕。
ケリー　腕がどうしたの？
コーラル　普通の人より短い。
ケリー　そう？
コーラル　そう。切り落とされた腕よりはましってレベル。
ケリー　そんでいつも長袖着てんの？
コーラル　うん。悪い血が流れてる証だから。

二人は腕の長さを比べる。

ケリー　あたしの腕と変わらないじゃん。
コーラル　同じぐらい短いってことでしょ。それだけで十分。短い腕。悪い血。
ケリー　悪い血ってどういうこと？
コーラル　そばかすも証拠だよ。
ケリー　あんたそばかす無いでしょ。
コーラル　両目が近くて、舌ベロの両端を丸められなくて、そばかすで、腕が短くて、何よりも明らかなのは・・・
ケリー　なに？
コーラル　あたしたちみたいに・・・
ケリー　なに？
コーラル　とがったおっぱい。とがってるほどだめ。

ケリーは彼女を見て、それから笑う。

ケリー　あたまおかしいんじゃない。
コーラル　でもさ、昔はそういうふうに信じられてたんだよ。顔を見ただけで、おでこを測っただけで、犯罪者だと分かるって。
ケリー　うん。（一拍。）まじめな話、あたしら黒人の方が、ここでの暮らしは辛かったと思う？
コーラル　ここにいたのは、黒と白じゃないと思うね。
ケリー　黒ずみと青あざ、だろ？

二人は退場。

メラニーとその他の少女たちが、物干しのひもにシーツを掛けている。

皆　（歌って）
霧に霞む　遠き岸辺
翼は　ないけれど
漕ぎいだす　小舟さえ
あればいい　あなたと

広い海を　走る舟
載せた荷は　山ほど
でもどんな　物よりも
大きな　この想い

何もかも　預けて
心から　信じた
でもいつか　気づいたの
この愛が　終わるのを

芽生えた　ばかりの
愛の灯《ひ》は　まばゆくて
でも今は　朝露の
ように流れ　消えてゆく

皆はシーツで洗濯を始める。

マリー　誰か脱走したって言ってるよ。
メラニー　そうそう。
マリー　コーラルだろ？
メラニー　え？
マリー　昨日の夜ベッドにいなかったもん。

メラニーは自分のやっている仕事を下に置いて、マリーの両肩を押さえる。

メラニー　なに？

少女たちは歌をやめる。

マリー　コーラルがいない。きっと脱走したんだよ。

マリーは退場。

マーリーン　門から脱走したのはケリーでしょ。じゃあコーラルはどこにいるの？
メラニー　病院に連れてかれたのさ。
マーリーン　子供を産むため？
メラニー　刑期が終わりになるんだろう。
マーリーン　コーラルに写真を送ってもらおう。
メラニー　何の？
マーリーン　赤ん坊の。
メラニー　どうせ自分のとこには置いとけないよ。

間。

マーリーン　え？
メラニー　とられちゃうんだ。
マーリーン　そんなこと出来るはずない。

メラニーは「ああそうだね」という眼差しを彼女に投げて、退場。ゲイルが登場。彼女の左腕は包帯。マーリーンを見ると、それを背後に隠す。

ねえ、洗濯場にいちゃ駄目じゃないの？
ゲイル　ドクターの手伝いをしてたんだ。

マーリーン　後ろにかくしてるの何？
ゲイル　何でも無いよ。失せろ。
マーリーン　見せてよ。

二人はもみ合う。マーリーンはゲイルが腕に包帯をしているのを見る。

それどうしたの？
ゲイル　ドクターが皮膚の手術をね。
マーリーン　なんで？
ゲイル　え・・・あたしの皮膚が特別スベスベだからって。
マーリーン　で？
ゲイル　で、モデルを探してるって・・・ラックス石鹸が。
マーリーン　モデルって？
ゲイル　石鹸の宣伝。ラックスの石鹸、こんなにお肌に優しいですって、宣伝をする女の人がいるじゃない？で、あたしの肌がスベスベだって言われて、ラックスのコマーシャルに出たら良いって。
マーリーン　デタラメ言うな、ゲイル・フォード。
ゲイル　違うよ。後ろの方だよ。スターのいる前の方じゃなくて、後ろ。

間。

マーリーン　(包帯を見ながら)そこ、タトゥーがあったんじゃない？
ゲイル　まあ、だからそれを取らなくちゃならないのよ。そうすれば宣伝に出られる。
マーリーン　タトゥーを取るなんて。似合ってたじゃない。
ゲイル　うん。まあ、そういうわけでね。

ゲイルは包帯を一部取る。彼女の腕は痛々しい。

マーリーン　ひどいよ。
ゲイル　うん、まあ、最初はこうなんだけど。治るよ。
マーリーン　ドクターはなに使ってやったの？
ゲイル　あたしがやったの。
マーリーン　なにを使った？
ゲイル　お湯と塩と・・・ステンレスのたわし。
マーリーン　そんなことしちゃダメだよ。
ゲイル　ドクターが教えてくれたの。台所で使うような普通の奴じゃないんだよ。外科用のたわし。
マーリーン　痛かった？

ゲイルは、それまで気丈でいようとしていたが、泣き出しそうなのをこらえて唇を噛む。彼女は頷く。

ゲイル　ちょっとね。でも治るよ。そう思わない？
マーリーン　ああ、うん。治るよ。絶対。
ゲイル　見た目は酷いよ、確かにね。でもお医者さんだよ？しかもイギリス人だし。分かってるはず。
マーリーン　もちろんそうだよ。
ゲイル　タトゥーもなくなってるし。
マーリーン　そうしたらラックス石鹸のコマーシャルに出られるね。
ゲイル　後ろの方だけどね。

マーリーン　うん、後ろの方だけど。

二場

マリーとリネットがシーツをたたんでいると、ジュディが来る。
彼女は煙草を取り出す。

リネット　うわあ！そんなのどこで？

ジュディはそれをリネットに渡し、もう一本取り出す。

マリー　びっくり！あんた手品師？

彼女はマリーにそれを渡し、それからまたもう一本取り出す。

リネット　ジュディ、どういうこと？
ジュディ　まだまだあるよ。

彼女は煙草の箱を取り出す。

マリー　何をしたの？職員のロッカー荒らした？
ジュディ　いや。スティーヴンソンがくれた。

間。

リネット　なんであいつが？
ジュディ　モノを触ってやったから。
マリー　本当？

ジュディ　うん。
リネット　いつ？
ジュディ　あいつの部屋を掃除してたらさ。棚のほこり払ってくれって言われてさ。そんで気がついたら、あいつ自分の引っ張り出して、ひとりで触ってんの。おいマジかよって。
マリー　いつもあんたを妙な目で見てるもんね。
リネット　前はコーラルを見てたけど、最近はずっとあんただよね。
ジュディ　コーラルは馬鹿だよ。
マリー　え？
ジュディ　でさ、あいつ立ってるわけ、こう…右手で握りしめて。
リネット　大きかった？
ジュディ　小石が二つに小枝が一本。

リネットは笑う。

マリー　そんでどうしたの？
ジュディ　ただつっ立ってるからさ。あいつの顔見て、それから…アレ見て。そんで近寄って、触ってやったら、この煙草一箱くれた。
マリー　気をつけなきゃダメだよ、ジュディ。
ジュディ　大丈夫。自分でこすって、あたしの手を当てて、二分でまたしおれちゃった。
リネット　それで煙草一箱！
マリー　あいつはもう離れないよ。
ジュディ　いいよ。次は何か別のものもらえるじゃん。
リネット　え？あいつとやるの？
ジュディ　まさか。でも手だけなら。

マリー　次は口って言ってくるよ。
ジュディ　うん、だとしたら、日曜の午後あたり、ここから出してもらおう。他の子たちを遠足に連れて行くときみたいに。
マリー　あんた、自分でやってること分かってないよ。
ジュディ　分かってるって。それから、ヴェニスの商人のポーシャ役をあたしにやらせてもらおう。ＡＢＣが撮影に来たとき。
マリー　馬鹿な女。
ジュディ　なに？
マリー　どうなるか、あたしには分かる。
ジュディ　分かるわけない。
マリー　赤ん坊産んだことあるから。
リネット　いつ？
マリー　一年前。
リネット　今どこにいるの？
マリー　（肩をすくめて）養子、どっかに。
リネット　一緒にいたくなかったの？
マリー　（肩をすくめて）うん。

間。

ジュディ　まあ、最後まではさせなければ、妊娠しないだろ？
マリー　途中でやめさせることなんて出来ないよ。
ジュディ　まあそのときは、やってしまうんだろうね。こういうふうに、あたしも何か貰うさ。

マリーは退場。リネットはジュディと残る。ジュディは箱から煙草を全部出し、数える。

あいつらさ、人の口から出る言葉は聞こえないみたい。だからいつも、ニコニコしてろって言うんだよ。
リネット　誰？
ジュディ　職員。犬みたいに、人の声のトーンとか、機嫌とか態度に、反応するの。言葉は聞こえてなくて、ただ様子を見て、感じとるだけ。気分が乗らなかったら、従順にしてなくちゃならない。
リネット　従順？
ジュディ　そう。（彼女は犬のようにハーハー息をする。）あいつらには話しかけてもだめ。あいつらに、訴えなくちゃならない、伝えなくちゃならない。
リネット　どうやって？
ジュディ　分かって貰えない。ただのウィンクなんてダメ。見せつけるしかない。
リネット　何を？
ジュディ　自分の訴えを。
リネット　訴えなんてないし。見せつけるものもないし。
ジュディ　あるよ。
リネット　ないよ。でも、なんであたしが？
ジュディ　薬が欲しい、クロルプロマジンとか？
リネット　薬なんてくれないよ。
ジュディ　寝ぼけてんなよ。ここはどこだよ。奴らはあんたに、何だってすきなことができるんだ。何だって。
リネット　でもあたしは何もないもの。奴らが欲しがるものなんて何も。

ジュディ　見つけるんだね。

三場

ゲイルは隔離室。包帯はまだ腕にある。彼女はそれをはがす。彼女の腕は傷つき、血まみれ。彼女は隔離室の壁に体をこすり始める。

ゲイル　かさぶたが、古い皮膚を全部、きれいにしてくれる。古い皮膚を全部、きれいにしてくれる。古いのを全部きれいに。

彼女は隔離室の壁のブロックに体をこすり続ける。彼女の腕と脚は血で覆われ、血が額にたれる。

四場

五〇代のリネットとジュディが登場。リネットは施設での自分の経験に少し混乱し、ゲイルがこすり続けているのを見ている。

ジュディ　面白い話聞きたい?数字に関する。

リネット　何の数字?

ジュディ　一八・五から二四。あたしが風俗で働いてた歳。五。中絶の回数。

リネット　そう。

ジュディ　臨月までいった子供がいたけど、死産だった。辛かった、今度は産むつもりだったから。きっとその子には、そのほうが幸せだったけど。

リネット　そんなことはないよ。

ジュディ　そのあと、風俗から足を洗った。とにかく生活をして、赤ん坊を産んで、育てたかった。

リネット　良いことだよ。

ジュディ　そんとき、二五になってて。結婚して、子供を作るためにあらゆることをした。でも卵管が塞がってて。だから亭主に、養子を取ろうと言ったら。最初はダメだって言ったんだけど。そのあと向こうの気が変わって。二人で書類を取り寄せたの。記入して送るんだけど。その一番下のところに、犯罪歴って書いてあってさ。「はい」って書いたの。それから、人が来て、うちにあがって、その書類を出すの。まだ若い人で、本当に困った感じで、「えー、犯罪歴があるとお書きになってまして、調べさせていただきました。」って言って、「その数をご存じですか?」と聞くから、「何の数ですか?」と言ったら、「六〇〇です。六〇〇回以上、犯罪歴があります。」

リネット　それで何て言ったの?

ジュディ　「本当。それは多いですね」「でも、この六年間は何もしてませんよ」って言った。そしたらその人、「もし養子縁組をまだお望みなら、当時のあなた、そして今のあなたを知る人たちに、口添えして貰ってください」って言うから。その通りにした。

おまわりさんだけど。そして九月に、あの子を家に連れてきた。一九七二年、九月の三日。いちばん験《げん》が良い数字。(間。)あたしね、むかしの仲間に会いたかったの。知りたくてさ。何人が、同じ数字か、

リネット　で、誰か会ったの？

間。

ジュディ　うん。

リネット　誰？

ジュディ　あたしを覚えてた人。あたしが院長としてたことを。院長のお気に入りだったことを。

リネット　そんで、あんたはどうしたの？

ジュディ　言ってやった、誤解だって。

間。

リネット　言ってやんないとダメだよ。

ジュディ　いや、ホントは言えないんだ、リネット。言えない。

リネット　言わなきゃ。

ジュディ　言えない。言わない。

ジュディ退場。

五場

メラニー　コーラルが連れてかれたあと、あたしはたがが外れちゃったんだと思う。みがき粉とか混ぜてカクテルにして、あの子たちに飲ませたりして。みんなでラリって。でも罰を受けるときになると、隔離室は六つしかないから、屋根裏仕事をさせられた。洗濯場の上の、屋根裏。(辺りを見回して)壁がなくて、梁だけなんだよ。屋根が覆ってるわけじゃなくて、梁だけ。そして鳩と、いたるところ鳩の糞ね、あとは木の床。朝ご飯を食べて、朝七時に、そこに登る。

マリーが登場。

マリー　立て。

ケリーが木の梁の前に立つ。

ブラシを浸せ。

少女たちはブラシを浸す。

こすれ。

少女たちは皆こする。ひたすら。

メラニー　一時間半この体勢でこする。梁は目の前のこれぐらいのところにある。手から糞を取ることは許されない。ブラシを浸せと言われたら、両腕を糞まみれにして、一時間半こすらなくちゃならない。あたしは気にしなかった。だって、当然だから。悪い

子だから当然。父親が死ねば良いと願ったら、直後に病気になった。重い病気。パラマタでは誰もが、あたしを悪い子だと言った。ある日、婦長があたしに、「まあ、無理もないね、あなたみたいな娘がいたら。誰だって、早死にしてしまうよ」って言った。あそうなんだって思った。あたしは悪い子、とんでもなく悪い子、罰を受けなくちゃならない。そしてもっと粗暴になり、もっと罰を受けた。罰を、望んでた。憎むだけで人を病気にする力がある悪を、あたしは産みだしてしまったんだから。子供。子供は動物と一緒だと言って、動物と同じに扱うと、その通りになる。

マーリーンが登場し、ケリーが戻っているのを見る。

マリー　やめろ。

ケリーはこするのをやめる。

ブラシを下ろせ。

ケリーはブラシを置く。

三〇分。

マリーは退場。マーリーンはケリーに抱きつく。

マーリーン　ケリー！

ケリー　やあ、マーリーン。

ケリーは別人のようである。気が抜け、静かで、弱っている。

マーリーン　ここで何してるの

ケリー　捕まった。

マーリーン　どこへ行ってた？

ケリー　キングズクロス。

マーリーン　え？

ケリー　リジーとケイとつるんでね。ケイはアルビノなんだ。

マーリーン　アル—？

ケリー　アルビノ。白子。白い髪、白い目。

マーリーン　もっと目立たない子を選びなよ。

ケリー　ああ。おまわりもそう言ってた。

間。

マーリーン　どうやってキングズクロスまで行ったの？

ケリー　ヒッチハイク。

マーリーン　で、どうなった？

ケリー　もともと九ヶ月だったのが、脱走のおかげでさらに九ヶ月。

マーリーン　あんたに料理番に戻って欲しいんじゃないかな。

ケリーはゆらゆらとし、くずれる。

ケリー？（間。）ケリー？

マリーが登場し、マーリーンの声を聞く。

マリー　ほっときな。

マーリーン　え？

マリー　ほっときなよ。

マーリーン　この子どうしちゃったの？

マリー　えらく殴られたんだよ。

ケリーはマーリーンを見る。彼女の目は傷を負った動物のようだ。

立て。

少女たちは立つ。

ブラシを浸せ。

少女たちはブラシを浸す。

こすれ。

少女たちはこする。マーリーンはケリーを見るが、ケリーはうつろな目でこすっている。

六場

マーリーンは白日夢にとらわれ、シーツを纏った少女たちに取り囲まれる。少女たちは彼女のまわりを走る。ケリーだけは、小さくなり、ばてたままである。

ケリー　ほら、あたしがついてるから。
ゲイル　外科用のたわしだよ。
ジュディ　出廷者は静粛に。
マーリーン　奴らはそんなこと出来ないよ。
メラニー　子供は自分のとこに置いとけないよ。
マリー　えらく殴られたんだよ。
マーリーン　ちゃんとしてれば大丈夫。
ケリー　九ヶ月。
メラニー　連れてかれる。
ケリー　脱走のおかげでさらに九ヶ月。
コーラル　歯が欠けた。
マーリーン　奴らはそんなこと出来ないよ。
メラニー　夜にブギーマンに襲われて、そうなっちゃうってこと。
ジュディ　静粛に。
マーリーン　ここは怖くない。
メラニー　泣くな。
ゲイル　相手の目を見ろ。
コーラル　ずっと蹴られてた。
マリー　あの子、第四宿舎にいかなくちゃならないんだよ。
ジュディ　薬が欲しい、クロルプロマジンとか？
ケリー　ほら、来ないなら、一人で行くよ。

少女たちはシーツをマーリーンに投げる。マーリーンは手がつけられないほどに泣き叫び、あらゆる喪失と痛みと悲しみと怒りが、一つの巨大な憤怒と屈辱と不満の叫びとなってはき出される。それから彼女は駆けて出て行く。

七場

マリーが登場。ドアを閉め、背中でもたれながら立つ。彼女は椅子を取り、それでドアを開かなくする。それからポケットから小さなロープを取り出し、それを見る。『The Singing Bird』を口ずさみ始める。

舞台の反対側に、メラニーが登場して座る。彼女はとがったものを取り、それで自分を切る。

マーリーンは隅から立ち上がり、メラニーの方へ行く。二人は互いを見る。

メラニー　自分で切ったことある？
マーリーン　まさか。
メラニー　そんなに深くは切れないもんだよ。ズキズキするぐらいだね。

メラニーは自分の脚を切る。血が傷口から流れ始める。

マーリーン　どんな気分？
メラニー　抑圧から、解放されるみたいな。
マーリーン　ここ切るよ。

マーリーンは自分の腕を切る。

メラニー　どう？
マーリーン　うん。良い。

舞台の反対側で、リネットがドアノブをガタガタ言わせている。いくらか間が開いて、ドアがノックされる。

リネット　マリー。（またノックする。）マリー。

マリーはポケットにロープを押し込む。リネットはドアを開けようとするが、開かない。

マリー　うん。
リネット　ドアを開けて。

マリーは椅子を動かして、ドアを開ける。

マリー　なに？
リネット　こんなふうに、ドアを開かなくしたらダメだよ。
マリー　あたしじゃないよ。開かなくなってた。
リネット　もし婦長だったら・・・
マリー　だったら？
リネット　婦長が、食べ物を持って行けって、入所室の子たちに。
マリー　なんであたしが？
リネット　さあ、ちゃんと聞かなかった。分かった？
マリー　どうして婦長があたしにやれといったのか、知ってるよ。
リネット　どうして？
マリー　みんなにあたしを見せたい。だから。

マリーは白の病院用おまるを、ズボンの後ろに締め、退場。

舞台の反対側で、メラニーがまた自分の脚を切る。

メラニー　これ大好き。
マーリーン　なんで？
メラニー　すべての痛みが、そこにあるから。脚に。ずきずきした感じ。すべてがそこに。
マーリーン　分かる。
メラニー　出てくる血を見るのも大好き。いつでも出てくる。命令してるみたい。あたしが切ったら、血が出る。
マーリーン　命令してるみたい。「出でよ、血」みたいな。
メラニー　「血よ、前進せよ。」

二人は笑っている。

もっとやりたい？
マーリーン　うん。
メラニー　今度は少し深めに。真っ赤っかの血。本当にずきっとくるよ。

マーリーンはナイフを取って、また腕を切ろうとする。彼女はメラニーを見上げる。彼女は切る道具を投げ捨てる。

間。

マーリーン　奴らに勝たせちゃダメだ。
メラニー　それ、いつも父さんが言ってた。
マーリーン　うん、うちも。
メラニー　うちに帰りたい。
マーリーン　じゃあ行こうよ。お父さんに会おう。
メラニー　あたしを殴るんだよ。
マーリーン　お父さんが？
メラニー　立派な人だけど。立派な人じゃない。それでもあたしは、うちに帰りたい。
マーリーン　ここから出よう。
メラニー　どうやって？
マーリーン　脱走。

間。

メラニー　門が開いてたとき逃げなかったじゃん。
マーリーン　そうだね。今は逃げたいんだ。
メラニー　ケリーは失敗したよ。
マーリーン　アルビノの子とつるんでたって。あたしらはもっと利口にやる。
メラニー　逃げられないよ。閉じ込められてるんだ。
マーリーン　ほら、やってみようよ。

メラニーはその場で立つ。マーリーンは前に歩き、そして五〇代の自分になる。

あたしたちは、脇を周り、学校を通り過ぎ、壁を、この大きな門を、よじ登ろうとした。でもその場に立ってみると、無理だと分かった。みんなが、叫んでた「ジョーンズが来るぞ」、あたしは怖かった。

マーリーンは混乱と畏れをずっと表している。舞台の脇に行く。後ろを心配げに見て、それから中二階にかかるハシゴを登る。

それで屋根の上の他にいくところがなくて、ふたりで校舎の屋根に登った。いままで誰も、屋根に登ったことはなかった。ジョーンズがやって来て・・・見せつけるように歩き回って・・・それから奴は、怒鳴り始めた。「屋根から降りろ、殺すぞ・・・てめえら、捕まえてやるからな、マーリーン・・・屋根から降りろ、いますぐ。」あたしは「ふざけんな」って言って・・・奴がハシゴを登ってきて、あたしは、「あぁ、どうしよう？」と思ってた。

彼女は屋根の瓦を一枚引っ張り上げて、それを舞台に投げ下ろす。次の話をしながら、瓦（あるいは紙のファイル）を舞台に投げ続ける。

瓦を剥がせるって気がついた。一枚剥がして、それを奴の頭めげて投げつけた。本当に、殺されるって思ったから・・・そう言ってたし・・・先にこっちが殺すしかないって。瓦を投げた。向こうはひるんで屋根から降りて、遠くの方に立って、「降りてこい、このアマ」とか言って怒り狂ってた。でも怖くて近くには来れなくてさ。あたしはもっと瓦をひっぺがして、みんなあたしらが屋根剥がしてるから笑ってた。みんな「あいつに投げろ、食らわせろ」と叫んでた。あたしがまた剥がして、奴はもっともっと発狂したけど、手が出せないことは分かってた。三〇分ぐらいこんな騒ぎがつづいてから、ついに奴は年かさの子をひとり呼んで、その子があたしらに叫んだんだ・・・「降りてくるなら、取引するって言ってるよ、マーリーン」・・・「取引って何だよ？」って、あたしは言った、「二人とも殴らないこと。隔離室行きはしかたないけど、あたしらを殴るな」。そしたらその子が、「分かった、その条件でいいって・・・だけど、消防車とか警察とか呼びたくないから、降りてくれって」。そんであたしは「分かった、だけどあんたが証人だからね、あたしらを殴らないって約束の」と言って、それからこう叫んだ「取引成立したよ、あいつはあたしらを殴らない、あたしらは隔離室へ行くって」。

そんで下に降りるまでに、全員が、あの大きな木のところに集まって、点呼の時間で整列してた。あたしらは皆の周りを歩いて行って、メラニーは不安のあまり倒れそうになってた。あたしはいつも明るいたちだから、吹き出した・・・で、あたしが大声で笑ってるところに、奴が走ってきて。あたしをすぐさまぶん殴ろうとしたんだけど、女子全員が振り向いて、ゲイルが叫んだ、「その子に触るな」って、そしてみんな、奴の方に大きく一歩踏み出して、そしたら奴はビクってなって。

奴はビビってたんだ。あんときのこと思い出してみるとさ、初めて、あたしらは一つになったんだよ。今考えてみると、分かるんだ。あいつ、本当にあたしらを怖いと思ってた。そんであいつ、「殴らないよ、おい、何もしないよ」と言って、やめた。しようと思ってたことを、やめた、あたしを殴るつもりだったのに、ゲイルが叫んで、みんなに迫られて・・・分かったんだよ、こいつら襲ってくるって・・・絶対・・・そんで「おい、お前ら、隔離室へ行くんだ」って言って、あたしは隔離室へ入れられて、そこに入ってる間ずっと、考えてた、これってもの凄いって・・・力を合わせたら本当にあいつに勝った。あんなふうにいつも団結したら、どうなるんだろう?本当に大変なことは、みんなでそこにいながら、隣の子が打ちのめされるのを見ても、助けられないときだ。立ち尽くして、それを見守って、自分の番が来るのをただ待つだけ。ずっとそうだった。だって、あたしたちがあの時変わったのを見て、無視できない力になれるんだって分かったとき、あたしは思いついたんだ、皆に話をしようって、どうしたら、もっと良い扱いになって、もっと良い服が着れて、もっと良い食べ物が食べられて、もっと良い便所を使えるか。もっとたくさんの毛布、あたしらに与えられてたのは、毛羽だった薄いキルトが一枚だけで、凍えてた。死ぬほど寒かった。毛布が欲しくて、動物みたいな扱いをやめて欲しかった。四六時中ぶん殴られるのを。だから、ほかの子たちに、あたしは言った、「暴動を起こそう。」

八場

他の少女たちは、歓声を上げて、登場する。打ち壊したり、壊したり、叩いたりする音で、暴動が舞台の上に表される。書類のファイルが宙を舞う。

大きく、救急車のサイレン。

メラニーが長い庭用のホースを持って登場。笑いながら、舞台を横切ってそれを引っ張る。

マーリーン　これであたしたちの言うこと聞いて貰えるよ。
メラニー　絶対ね。
マーリーン　それは何?

メラニーは小さな斧でホースを小さく切り始める。

メラニー　奴らが人に水をかけるホース、これでどうだ。

彼女は切り落とす。彼らの背後に、サイレンの音。

奴らが人をひっぱたくホース、これでどうだ。

ケリーが走ってくる。

ケリー　おーい、正面に救急車が来てる。門を開けようとしてるよ。
マーリーン　何をするつもりだろう?
メラニー　何もしやしないよ。

ジュディが走ってくる。

ジュディ　奴らが救急車呼んだの知ってた?
メラニー　心配ないよ。これであたしらがビビるだろうってハラだ。
マーリーン　奴ら、手慣れてるね。
ジュディ　で、これからどうする?
メラニー　マーリーン?
マーリーン　え?
メラニー　これからどうする?

間。

マーリーン　暴動を続けよう、ここが閉鎖されるまで。

すべての少女が、歓声を上げる。

もし閉鎖しなかったら、外の便所を燃やそう。

彼女たちは騒ぎを続ける。リネットが走ってくる。彼女は動揺し、切迫している。皆が彼女に気付くと、歓声が止まる。

リネット　静かに。静かにして。
マーリーン　リネット？
リネット　救急車を通して。
マーリーン　だめだ。これも奴らの手なんだよ。
リネット　（叫んで）通して。
メラニー　何なの、リネット？
リネット　マーリーン。あれはあたしらとは関係ないんだよ。
マーリーン　じゃあ何なの？
メラニー　リネット？
リネット　マリーだよ。
マーリーン　マリーはどこ？
リネット　あの子がロープを持ってたなんて。

リネットは首を振って、走り去る。みなは彼女に続いて退場。

九場

コーラルが登場し、暴動でひっくり返った椅子を元に戻し始める。

しばらくして、ゲイルが登場。彼女は、スピーチのために椅子の配置を手伝う。

コーラル　どう？
ゲイル　うん、大丈夫。ここにいると気分が良い。
コーラル　肩の荷を下ろしたような感じ？
ゲイル　背負ってたことも知らなかったよ。

二人は肩が痛いように肩を回して、それから笑う。

間。

コーラル　聞こえちゃったんだよ。
ゲイル　なに？
コーラル　あんたが、あの・・・
ゲイル　医者に検査されたとき・・・
コーラル　そう。自分の調査書は二本線書かれたって言ったよね。
ゲイル　そうだよ。
コーラル　じゃあ、自分の調査書を読んだことあるんだ？
ゲイル　ある。あんた自分のが欲しいと思ってるの？
コーラル　ああ、自分のは持ってるよ。
ゲイル　じゃあ読んだんだ？

コーラル　読んでない。
ゲイル　へえ。（一拍。）持ってるけど、読んでない？
間。コーラルは自分のバッグに手を伸ばし、コピーされた紙の束を取り出す。
コーラル　コピーして貰った。
ゲイル　えー。普通そんなことしないよ。
コーラル　あたしがコピーしてって言ったの。
ゲイル　普通は、今の省庁の職員のいる部屋に見に行かなくちゃならないんだよ。
コーラル　知ってる。コピーしなさいって言ったの。
ゲイル　やるねえ。
コーラル　なのに、読めなかった。
ゲイル　まあ、時期が来れば。
コーラル　うん。そうだね。
ゲイル　ゆっくりね。
コーラル　代わりに見てくれない？
ゲイル　え？
コーラル　代わりに読んでくれない？何て書いてあるか教えて。
間。
ゲイル　読めるでしょ、コーラル。
コーラル　読めない。
間。

ゲイル　省庁の職員がいるのは理由があって、たいていそこにあるのは・・・
コーラル　あたしは大丈夫。
ゲイル　だろうけどさ。中には、良くないことも書いてあるってこと。あの頃ケースワーカーが書いたような書き方で。
コーラル　仲間の一人に頼みたかった訳、パラマタの子に頼みたかった訳はね、パラマタの子は、あたしを裏切らないから。
ゲイル　友達に頼んだ方が・・・
コーラル　ゲイル。あんたに頼んでんだよ。読んで頂戴、お願い。
ゲイルは座って、読む。
ゲイル　「施設へ送致、コーラル・ドーン・マギリヴレイ。一九四七年九月二五日生まれ。事由、育児放棄、劣悪な家庭環境。」
コーラル　劣悪な家庭環境。
ゲイル　「家庭訪問—母親と面会。母親によれば、本人は五週間帰宅せず・・・どこにいるのかも知らない。」
コーラル　もう一度読んで。
ゲイル　「母親によれば、本人は五週間帰宅せず、本人に何が起きても関知しないとのこと。」
コーラル　続けて。
ゲイル　お母さんは絶対こんなこと言ってないよ。
コーラル　続けて。
ゲイル　「母親によれば、本人の失踪を警察にも部局にも届けず、その理由は、本人を探す意思がないとのこと。」

コーラル　こんなこと絶対言わなかったよ。

ゲイル　「母親は、本人を受け入れることも、本人の代わりに出廷することも、今後本人の養育に関わることも、その用意が無いと主張。」

コーラル　それも嘘。

ゲイル　もちろんだよ。

コーラル　他には？

ゲイル　「以下の証言者は、モニカ・メイ・ライリー女性警察・特別警察官。刑事獄。」

コーラル　え？

ゲイル　地獄の獄って書いてあるけど、刑事局のことだよね。

コーラル　地獄なんだよきっと。

　二人は笑う。

ゲイル　「二月二八日午後八時頃、当該少女を、風俗取締班のスウィーニー巡査が、女性警察署に同行しました。巡査は、『少女の名前はコーラル・ドーン・マギリヴレイ、年齢は一三歳』と言いました。本官は、『家出してからどこにいたのか？』と訊ねました。少女は、『住居、通常はダーバンのスキプトン・コート』と言いました。『誰が部屋代を出していたのか』と訊ねたところ、『いろんな男と行って、彼らが払っていた』と返答しました。『その男たちと性交渉を持ったことはあるのか』と訊ねると、少女は『はい』と答え、本官が『何回か』と訊ねると、少女は『分からない。いっぱい』と言いました。」

　二人は沈黙する。

コーラル　そんなこと何も覚えてない。大丈夫？

ゲイル　それで良いんだよ。

コーラル　あのさ。（間。）赤ん坊のことは何て書いてある？

　ゲイルは調査書を見る。

ゲイル　退所した日付しかない。でもここにないからって、何にも無かったことにはならないよ。

コーラル　病院に送られた夜、何かにサインさせられて、あたしがある病院で子供を産むことに異存はないと確認するためのものだと言われて、もしサインしなければ救急車に乗せられず、ちゃんとした設備もなくパラマタで子供を産むことになるって言われた。でもその書類は、病院についてのものじゃなかった。それは、承認したっていう文書。赤ん坊を養子に出すことを承認するって言う書類に、あたしはサインしてたんだ。でもそれで終わりじゃない。あの嘘つきどもに、あたしのことを関知しないってことにされてた、あたしの母親が、一緒に病院に行ったんだよ。そしてあたしら二人で、赤ん坊を取り返した。まだ三〇日あるよ。三〇日あるって。だから、二人で病院へ行って、怒鳴り散らして、赤ん坊を取り戻した。

ゲイル　病院へ行ったんだ？

コーラル　二人で、あの病院へ乗り込んで、赤ん坊を取り戻した。まあ、それだけじゃなかったんだけど。

ゲイル　でも取り戻したんだ。
コーラル　取り戻した。あの子は、それから長い間一緒に暮らしたよ。

間。

ゲイル　なんであたしが退所できたか知りたい？
コーラル　うん。
ゲイル　ホントに？
コーラル　うん。
ゲイル　隔離室の壁が何で出来てたか覚えてる？
コーラル　知らない。煉瓦だっけ？
ゲイル　焼いてない煉瓦。あたし、二日間入れられて。二日間、誰も確認しに来なかった。誰も信じないんだけど、来なかったの。そんで、出てきたとき、あたしは、壁が煉瓦だったから、あらゆるところをこすってた。あたしの体でその煉瓦の壁にこすってないところは無かった。そんで…次の日、全身赤チンで塗られた。奴らはひたすら、赤チン塗りたくった。（間。）そんであたしの調査書はただひとこと、「ゲイルは訓練にとてもスムーズに馴染み、一貫して品行が優れていた」だってさ。

一〇場

マーリーンとメラニーが登場。

メラニー　まさか、またここを見ることになるとはね。
マーリーン　そうだね。この手で引き裂いてやろうか、それとも飲み込んでやろうか。
メラニー　はらわたが煮えくりかえる。
マーリーン　うん。
メラニー　あたしも。

マーリーンは沈黙する。

子供たちに謝ったんだ。
マーリーン　何を？
メラニー　ひどい母親だったって。
マーリーン　ひどい？

間。

メラニー　虐待したから。
メーリーナ　どんな？
メラニー　ひっぱたいてた。

マーリーンは沈黙。

ほかに知らないからね。

マーリーンは沈黙。

でもあたしの父親を、あたしの娘と一緒にはしておかなかった。絶対に。娘がその娘を産んだときも…娘は知らなかったけど…あたしにはようく分かってた・・・あたしの父親はいつも、あたしの娘と、娘の子供たちを変な目で見てた。

マーリーンは沈黙。

あんたも？

マーリーン　なにが？

メラニー　子供に八つ当たりした？

マーリーンはメラニーの方へ飛んでいき、メラニーの口を手で押さえる。長い間そうしている。二人の女は、互いを見る。

マーリーン　その話はしないで。

メラニーは首を振る。マーリーンは手を離す。

ごめん。

メラニーはマーリーンの手首を乱暴に取る。彼女はすでにうんざりしていて、それが何かの引き金になる。

メラニー　人を黙らせようなんてすんな。人のこと黙らせようなんて。

マーリーン　ごめんって。ごめん。だってあんたが・・・

メラニー　あたしは真実を話してたんだよ。真実を。あたしは子供を殴ってた。あんたも子供を殴ってた。分かるんだよ。見えるんだよ。普通、そんなにも長い間、誰にも当たらないで、あれほどの怒りをためてはおけないよ。

マーリーンは沈黙。

あたしらは傷を負わずにここから出ることはありえなかった。あたしらは、尊厳を傷つけられずに、生き残ることはありえなかった。決して。

沈黙。

マーリーン　あたしはただ、とっても恥じてる。愛してるんだよ、子供たちのこと、でも・・・よく。あぁ。よく、怒鳴ったり、平手打ちしたり、革の紐でぶったりした。フィジー製の、ビーズの付いたこういう革の紐があってさ、それで子供を叩くと、ビーズがみんなとれてあたりに散らばるんだよ。

メラニー　でもそれを後悔してる。

マーリーン　すごく後悔してるよ。すっごく。ここを見てさ。ここの消毒液の匂いをかいでさ。

メラニー　子供に謝ればいい。

マーリーン　だめ。

メラニー　謝れるよ。

マーリーン　じゃあ誰があたしにごめんって言ってくれるの？あたしがされた、とりかえしのつかないこと、すべてに、誰がごめんって言ってくれるの？

間。

メラニー　ごめん。

長い間。

マーリーン　ありがと。

間。

メラニー　よれたハンカチが、今日は随分役に立つね？

マーリーン　ホントだ。

メラニーは手を伸ばし、メラニーと握手する。力を込めて。

メラニー　さ、そろそろサンドイッチの時間だよ。

マーリーン　食べ物もってこいなんて言われなかったけど。

メラニー　うん。地域福祉局の提供だよ。

マーリーン　（笑って）いいぞコーラル。部局にサンドイッチをおごらせたな。

一一場

マリーとリネットが登場。

リネット　あんたのこと分からなかったよ。

マリー　マリアみたい。

リネット　誰？

マリー　マグダラのマリア。墓場で、キリストに気が付かなかったの。はじめ。復活のとき。キリストが触って、名前呼ぶまで、「マリア」って。

リネット　マリー。（一拍。）あんたが戻ってきてくれて嬉しいよ。

マリー　さよならも言えなかったしね。

リネット　別にあたしなんか。

マリー　あたしだって。

リネット　あたし、あんたを失望させた。

マリーは沈黙。

あんたの人生、あたし何にも知らなかった。

リネットは自分の顔に触る。

マリー　あたしに触らないでね。

リネット　触ったらいいなくなっちゃう？

マリー　ううん、あたしの不運を、あんたにうつしたくないから。

リネット　うつらないよ。

マリー　うつると思うよ。

間。

リネット　あんたのこと大好きだったよ、マリー。大好きだった。寂しい。

マリー　そんなこと言っちゃだめ。

リネット　大好きだった。

マリー　あたしは邪魔者だったんだよ。

リネット　あたしにとっては、そんなことない。
マリー　あたしたちみんな、そうだったんだよ。ゴミ。
リネット　愛せば良かった、あんたを。
マリー　そんなの、何の意味もなかったよ。

マリーは退場。

コーラル、マーリーン、ジュディが、紅茶とサンドイッチのワゴンを押して登場。ケリーは舞台の反対の袖から登場。彼女はマーリーンに叫ぶ。

ケリー　マーリーン。
マーリーン　ケリー。大丈夫?
ケリー　ちょっとドキドキする。スピーチ。
マーリーン　あんたがスピーチするなんてね。
ケリー　うん。誰も思わないよ。
マーリーン　どういうこと?
ケリー　他の人はさっさとスピーチするんだよね。
マーリーン　で?
ケリー　あたしは、ここがなんで閉鎖されたのかを話したいの。
マーリーン　で。誰かダメだって言った?
ケリー　福祉局。
マーリーン　え?
ケリー　同窓会委員会。
マーリーン　なんで?
ケリー　閉鎖のときの話をしても良いかって聞いたら、こう言うんだよ、「あなたに許可したら、みんなしゃべりたがる。それに、ケリー、あなたはとまらないし」ってね。(間。)あたしってそうなの?
マーリーン　なに?
ケリー　とまんない?

間。

マーリーン　マイクふんだくっちゃえ。
ケリー　いいの?
マーリーン　あんたのそのスピーチ聞く方がずっと良いよ。

一二場

ゲイルは椅子に座る。彼女はジュディを見るが、それから行ってしまう。ジュディはリネットの方に行く。

ジュディ　(ゲイルをさして)ほらいるよ。
リネット　あたしのこと分かる人。
　じゃあ話してきなよ。
ジュディ　ううん。
リネット　今日しかないんだよ。今しなきゃ。この人達に会えるチャンスはもう絶対にないよ。
ジュディ　じゃあ。一生抱えてても良いし。
リネット　ずっとそうしてきたんでしょ。何十年も。もうおろしなよ。今日、ここにおろしてきなよ。

ジュディは沈黙。

みんな良い気分で。これからも連絡取り合おうなんて言うけど。連絡なんかしないいんだから。

ジュディは首を振る。

なんだ腰抜けか。

ジュディ　え？

リネット　あんたはパラマタ・ガールズだろ。腰抜けと言われても良いの。

ジュディ　そんなのには乗らないよ。一六歳じゃないんだから。

リネット　じゃあふぬけのバイタ呼ばわりされても気にしないんだね。

長い沈黙、二人は互いを見る。ジュディはゲイルの方へ行く。

ジュディ　あたし、したてたんだよ・・・あんたが、あたしがしてたって言ったこと。

ゲイル　知ってるよ。

間。

ジュディ　あたしは名前をジュディに替えた。ここにいた頃の名前は、フェイ・マケル。

ゲイル　その顔は忘れないよ。

ジュディ　そう。

ゲイル　告白しに来たんだろ？

ジュディ　ううん。

ゲイル　そうに決まってる。

間。

ジュディ　その話をしたいって言うの、なんか悪い？

ゲイル　悪くはない。よくあることだよ。

間。

ジュディ　やっぱ無理だわ。

ゲイル　おや、ずいぶんと偉いんだね、無理かどうか、勝手にお決めになる。

ジュディ　どうしてそんなに底意地が悪いの？

ゲイル　底意地？意地に底なんてあんのかい？

間。

リネット　ねえジュディ。

ジュディ　なに？

リネット　あたしが勧めなかったらよかったかも。

ゲイル　なにあんた、セリフつけてもらってたの？白状するのに？

ジュディ　あんたに話したかっただけだよ。

間。ジュディは立ち去ろうとする。

ゲイル　あんたがポーシャの役をやるってなったとき、あたしらも初耳だった。

ジュディ　覚えてるの？
ゲイル　ああ、オーディションにも、読み合わせにも現れず、大物ぶって主役をかっさらった。あたしらがタンポンもしらないうちに、しわしわの男のあそこをようく御存じだった。
ジュディ　そっちこそ、そいつを口いっぱいに頬張ってりゃ、そんなセリフも抜かせないだろうに。
ゲイル　あの糞芝居、うまくできたと思ってたんだろ。
ジュディ　あたしは上手かったよ。
ゲイル　大根だよ。糞大根。
ジュディ　そんなことない。ＡＢＣテレビが取材したんだから。
ゲイル　ＡＢＣもあんたを糞だと思ってたよ。
ジュディ　思ってないよ。
リネット　ねえジュディ。

間。

ジュディ　ほかに何覚えてんの？
リネット　ジュディ。
ジュディ　無いよね。へんなこと覚えてるだけ、この人。

リネットは眉をひそめる。

まあ、この人とは絶対友達にはならないし。
ゲイル　その通りだね。
リネット　もういいのね。

ジュディは頷く。リネットは退場。間。

ジュディ　あのハンガリー人の婦長、覚えてる？
ゲイル　アタシノ良イ子、ってやつ。
ジュディ　アタシノ良イ子。それどういう意味だっけ？
ゲイル　お前怒られるぞって意味。
ジュディ　今でも、意味がわかんない。

二人とも沈黙する。

ゲイル　トイレットペーパーは、小は二枚、大は六枚まで。
ジュディ　あんたの番号いくつだった？
ゲイル　九七六。あんたは？
ジュディ　一一五。

間。

ゲイル　ルイーズ・フェリーノ。アイロナ・ヴェローナと同じ時に来た。
ジュディ　アイロナ・ヴェローナか。覚えてる。親に毒盛ったイタリア人の子でしょ。
ゲイル　ルイーズ・フェリーノはあたしを庇ってくれた。勇気を出して、やり返しな、あたしがいてやるからって。いわれたように、やってみたよ。トイレで、夜・・・二人がかりで閉じこめられて、あたし、やりかえして、ぶん殴った。それから、なんか力がわいてきたんだ。「世界対あたし」、みたいな体験だった。（間。）ほら、言って言って。
ジュディ　なに？

ゲイル　ほら。
ジュディ　何を？
ゲイル　言ってよ、「今もかわんないね」って。

ジュディはバッグから自分の名刺を取り出して、ゲイルに渡す。

名前変えたの、なんで？
ジュディ　仕事の方で名前通り過ぎちゃって。
ゲイル　タロット占い師、透視者、占星術師、数霊術師、蘇生術師、カウンセラー、一九七三年よりプロフェッショナル霊能力者。霊能力者？じゃあ、あたしがここに来るって分かってた？
ジュディ　いやあ、それは。
ゲイル　ねえ？どうなの。
ジュディ　あんたみたいな人が来るなって。
ゲイル　本当？
ジュディ　あんたか、あんたみたいな人が。来ればいいなと。
ゲイル　「暗いと不満を言うよりも、灯をともした方がよい。」
ジュディ　そう思わない？

二人は立つ。ぎこちなく、互いにどう別れの挨拶をすればいいのか分からない。ジュディが手を差し出す。ゲイルはそれを長く、じっと見る。ジュディはその手を下ろす。しかしゲイルは立ち去らない。二人はそこで、ぎこちなく立っている。

ジュディ　地下牢見た？
ゲイル　うん。
ジュディ　あそこシャワー室って言ってたの？

ゲイル　ううん。シャワー室なんかじゃない。孤児院だった時代からの空き室で。連れて行かれなければ、知ることもないところ。（一拍。）でさ、なんであんなとこ言ったの？なんで、院長と？
ジュディ　自分のことしか考えてなかったし。そうなるって分かってたから、それを、自分で招いたんだよ。
ゲイル　そういうことにされてるだけだよ。自分からしたってことに、これっぽちでも、疑問とか、納得できない思いがあるはずだよ。
ジュディ　まあ、あたしの場合は、そうだったんだよ。
ゲイル　そう。だけど、そのときの大人は誰だったの？ジュディ。

ジュディは沈黙する。

大人は誰だった？
ジュディ　その人を責められないから。
ゲイル　大人は誰だった？
ジュディ　自分のしてることは分かってたんだよ。
ゲイル　一六で？
ジュディ　うん。でもあたし、もう自分を許してあげたの。
ゲイル　大人は誰だったの？
ジュディ　そんな単純な話じゃないんだよ。
ゲイル　単純な話さ。なんでも複雑だとか、あいまいにしようとするけど、本当は、あのころだって違わないんだよ。時代が変わったなんてことはない。一〇年前、五〇年間、一〇〇〇年前だったらかまわないの？子供への性的虐待が、良いことだったためしなんて無いんだよ。絶対に。複雑だなんて言わせるな。
ジュディ　間違ってたの？

ゲイル　間違ってたんだよ。

ジュディは長い間、ゲイルの言ったことをじっと考え、理解し、受け入れる。ついに、彼女は自分を取り戻したように見える。
彼女は前に傾き、ゲイルを抱擁する。

一三場

ほかのすべての少女たちが舞台に来る。

コーラル　聞こえますか。（彼女は階段か何かに立ち、上に上がる。）みんな聞こえます？特にパラマタ・ガールズの皆さん。皆さんはもちろん立派な女性ですが、あたしにとってはいつでも少女です。あたしはコーラルといいます、六〇年代にここにいました。およそ一〇世代の少女たちが、ここに入れられて、さらに放り出された後、あたしたちはこの国の、妻に、姉、妹に、母親になったのです。一〇〇人、ときには二〇〇人いるときもありました。あたし数学てんで駄目なんです、理由はご存じでしょうね。でも数学出来なくても、二〇〇人かける八〇年だったら、答えは「たくさん」ですよね。皆さん、あたしたちは、同じものを、共有してきました、そして今日それを、分かち合いましょう。中にはクィーンズランドや、イギリスからはるばる、来た人がいます。中には一人で来た人も、家族を連れて来た人もいます。同窓会実行委員会を代表して、皆さんを歓迎いたします。

少女たちは拍手。マーリーンが洗濯用かまを舞台に転がす。少女たちは「あっ」という。

あたしがここにいた頃は、なんでもかまで洗いました。で、今からやるのはこれです。ここにいるリネットが、みなさんに小さなきれを渡します、これは福祉局提供です、みなさんはそれを小さく、切り裂いてもらいます。楽しいですよ。自分のきれをもらったら、あたしが回って、サインペンを渡しますので、そこに、あなたの解き放ちたいものを、書いてください。なにかの記憶とか。褒め称えてあげたいけど、それでもう忘れたい人のこととか。親切にして貰った職員へのお礼とか。あなたのきれです、自由に決めてください。そうしたら、それをこのかまに入れて、すこしかきまぜて、そしてここから出します。そうしたら、それをこの、洗濯物のひもにぶらさげます。今日帰った後、サインペンの墨はかまにのこって、あの汚い洗濯物は、真っ白に洗われてるでしょう。簡単でしょ。もしいやならやらなくて良いです。でももしやりたいと思ったら、ここへ来て、きれをとってください。

女たちは皆、順番に、きれを取る。楽しそうに、それをちいさく破る。

コーラルがサインペンを手渡し、彼女たちは静かに、何枚かのきれに、自分が解き放ちたいものをすべてを書く。ケリーが飛び込んできて、マイクを握る。

ケリー　あたしはここにいました。この教護院の閉鎖に関わりました。そのときのことは・・・あとで、事情聴取を通して分かったんです。その少女の名前はシャーリー・ドンランといって、私の隣の隔離室にいました。結構裕福な家の子でした。家に帰ると、母親にあごが痛いと訴えて。母親がその子を医者に連れて行くと。口の中に壊疽があると言われたんです。母親は言いました。二日前にパラマタ女子教護院から出てきたばかりで、その二日間でそんなことが起こるでしょうか？医者は言いました。いや、これは何ヶ月も続いていたはずだと。調査しなければと。で、あたしが面談があるからと呼ばれたら、部屋の中はおまわりがいっぱいだったんです。「ケリー、隔離室にいたのを覚えてるかい？」彼らは日にちを挙げました。あたしは言いました「あの、あたしは何度も隔離室にいたんですけど」。「じゃ、シャーリー・ドンランの隣だった日のことを教えてくれ。何があった？」えっと、ドアが開く音を聞いたのを覚えてます、シャーリーとあたしは、彼らが入ってくることを互いに知らせあいました。その人が、どの部屋に入ってくるかは分かりませんでした。その人は、シャーリーの部屋に入りました。彼女はあたしに叫んだんです。「あたしの番だ。」そしてまもなく、ドシン、ドシン、ドシンって音が聞こえだして、それから五分経たないうちに、彼女が「やめて」と泣き叫んでいるのが聞こえました。その人は職員にこう頼んでたのを覚えてます、「誰か来たら忘れずに教えてくれ」って。それから、聞かれました「悪いことをしたときに父親が子供を叩くよりもひどく、職員から叩かれたことはある？」。あたしは答えました「どういう意味ですか？お父さんは小さな娘をどれぐらい強く叩くんですか？あたし分かりません。お父さんもお母さんもいないから、これまで生きてきた中で唯一知ってるのは、ここだけなんです。お父さんは小さな娘をどれぐらい強く叩くんですか？」

マーリーンはケリーに励ましのサムアップをして、続けさせる。

そうしたらその人たちは言いました。「分かった、ありがとうケリー、ここにサインして。」それで何かにサインしました。何にサインしたのかは分かりません、ただ自分の部屋へ行くように言われました。ほかの子たちに、この話を繰り返すことはありませんでした。二週間後、あたしはパラマタ通りに座っていました、手には二ドル、施しみたいなものだけど、それから二軒の女子寮と、二軒の里親、あたしを・・・下宿させても良いと言ってくれる家の住所を持って。それでさよならでした。あたしがサインしてから二週間です。なぜでしょう。それから六ヶ月して、この施設は閉鎖されちゃったんです。

女たちはみな手を叩く。ケリーは元気づけられているように見える。

リネット　あたしも言いたいことがあります。あたしたちの友達、マリー・セッドンのために少しだけ時間をください。彼女は第二宿舎のドアノブで、首を吊りました。この場所のせいで乗り越えられなかった人たち、パラマタが残した傷のせいで今日出席しなかった人たちのために、歌います。

女たちが各自、「記憶の洗濯」を終わらせたとき、リネットは『The Singing Bird』を歌う、すると、それは、舞台の反対側に見える、マリーによって引き継がれる。

（歌って）空高くヒバリが
　朝空に歌ってた
　黒い鳥の歌も聞いた
　ツグミの歌も
　でもどれもかなわない
　私の　歌う鳥
　私の　歌う鳥

　来て私のもとへ
　居心地良いその巣から
　もし来てくれたら　胸で
　あたためてあげるから
　だってだれもかなわない
　私の　歌う鳥
　私の　歌う鳥

二人は歌い終える。

ジュディがドアのところへ行き、開けて外へ出ようとする。ドアは鍵がかかっている。彼女はあたりを見回し、すこし笑い、それからもう一度ドアを開けようとする。彼女は動揺してきて、もっと力を入れて開けようとする。それからバンとたたき、前に後ろにひねり始める。

ジュディ　ねえ？ねえ？誰か？誰かいる？ここを出たいの、ねえ？ねえ？ここから出してくれない？お願い、ここにはいらんないの。出して、出して。お願いだから。

彼女はドアを叩き、止まり、自分の肘を確かめる。あわてて包帯を取り始め、両方の腕から死にものぐるいで、ほどいていく。彼女は包帯に夢中になり、泣いて激しく動転し始め、パニックで体を揺らす。コーラルが彼女の方へ行く。

コーラル　大丈夫だよ、ジュディ。
ジュディ　出られない、閉じこめられた。

コーラルはドアのところへ行き、開ける。

コーラル　ほら。

ジュディはそこへ行き、出られるのを確かめる。

ジュディ　ばっかだな。
コーラル　ね、いつでも出られるよ。
ジュディ　じゃ、あたしの肘は。
コーラル　あなたの何？

彼女は自分の肘を確かめるが、なにもなっていない。コーラルは袖をめくって、ジュディに治った肘を見せる。二人の背後で、すべての女たちがそでをまくり上げ、自分の肘を確かめ、それを振る。ジュディは笑う。ゲイルが一歩前に出る。

ゲイル　人生でたくさん、いいことしてきました。レイクンバで、ホテルをやりました―すっごく有名なボクサー、ヴィック・パトリックという人のために、ホテルの管理をしました。大昔に世界ライト級チャンピオンだった人で、素晴らしい人です。話は変わりますが、あたし、まだベビーカーのアマンダと一緒に歩いてました。ベリンダはそのときまだ生まれて無くて。そしたら、「すてきな母親コンテスト」のスカウトがやって来たんです。信じられます？冗談みたいだけど、あたし、それにエントリーしました―当時から、ライフセービングのクラブでよく活動してたから、募金を集める行事はたくさんあったんです、ことばや視力に障害のある子供たちのための。そして、なな、なんと、優勝しました。あたしの人生で成し遂げた、一番すごいことだったと思います…母親コンテストとか関係なく、チャリティー・クィーンになって、一番たくさんお金を集めたから。そしてそれは、あたしが本当に、自分を誇りに思えることでした。本当に駆けずり回って、でもやり遂げた。一番すてきな母親。どんなもんだい？（間。）一番すてきな母親。そしてあたしは、パラマタ・ガールズのひとりです。

照明が消えていく。

終わり

収録作品と作家について

佐和田敬司

本書は、『家畜追いの妻』*The Drover's Wife* / Leah Purcell (Currency Press, 2016)、『パラマタ・ガールズ』*Paramatta Girls* / Alana Valentine (Currency Press, 2007) を収録したものである。

■『家畜追いの妻』

本作は、二〇一六年九月二一日にシドニーのベルボア・ストリート劇場で、レティシア・カーセレーズ演出により初演された。キャストは、リア・パーセル（家畜追いの妻）、マーク・コールズ・スミス（ヤダカ）、ウィル・マクドナルド（ダニー）、ベネディクト・ハーディ（マーチャント／レズリー／マクファーレン）、トニー・コージン（マクニーリ／パーセン）。

本作の受賞歴は、今日のオーストラリア戯曲が得た栄誉の中でも突出している。ニューサウスウェールズ州首相文学賞において、ニック・エンライト戯曲賞とブック・オブ・ザ・イヤーの両方を受賞。ヴィクトリア州首相文学賞において、戯曲賞とヴィクトリア文学賞の両方を受賞。ヘルプマン賞においては、最優秀戯曲、最優秀新作オーストラリア作品に選ばれた。ＡＷＧＩＥ（オーストラリア作家組合）賞では、（舞台芸術全ジャンル対象の）メジャー賞、ステージ賞、デヴィッド・ウィリアムソン賞の三賞を獲得した。

その後、本作は『家畜追いの妻　モリー・ジョンソンの伝説』*The Drover's Wife: The Legend of Molly Johnson* と題して二〇二一年に映画化された。リア・パーセルは自ら監督、脚本、そして主演の「家畜追いの妻」役をつとめた。その他キャストには、舞台版と同じくベネディクト・ハーディ（レズリー）、トニー・コージン（パーセン）が含まれていた。オーストラリア、英国、米国で公開されたほか、いくつかの国際映画祭でも上映された。日本では二〇二四年二月のオーストラリア先住民映画祭（ユーロスペース）で初上映される。

本作はオーストラリアの国民的小説家であるヘンリー・ローソンの、最もよく知られた短編小説の一つである『家畜追いの妻』（一八九六年）から着想を得ている。家畜追いの妻が、夫の留守の間に、子供たちを守りながら、ブッシュにある家に迫る蛇や雄牛や浮浪人や鳥や、洪水や乳牛の伝染病まで、様々なものと格闘する。アリゲーターという名の飼い犬が活躍するのは戯曲と同じで、またこのような母の奮闘を見てきた息子は、パーセルの戯曲と同様、「かあさん、おれ、羊追いなんかぜったい行かないよ。誰が行くもんか！」（伊澤龍雄訳『ローソン短編集』岩波文庫）と母に誓う。戯曲にはローソンの言葉「いまこそ我々の子供らが自分たちの国のことをもう少し教えられて良いときだ。」が冒頭に引用されている。この言葉は、雑誌『ブレティン』で、バンジョー・パタソンらと、ブッシュをユートピアとして描き出し、その風景をこの国の「原風景」へと形成していった、ローソンの文学を体現する。しかしこの言葉の「我々」を、ローソンがまったく意図していない「先住民」と読み替えたとき、パーセルの戯曲は、先住民の視点から、一〇〇年以上にわたって存在してきたオーストラリアの原風景を語り直そうとしているもくろみが示されるのである。リア・パーセルの翻案についてのより詳細な論考は、加藤めぐみ氏の「二一世紀の課題に応答するマイノリティ作家の文学～リア・パーセルの「家畜追いの妻」アダプテーションを中心に」『コロナ禍を乗り越え未来に向かうオーストラリア』（オセアニア出版社、二〇二四年）を読まれたい。

作者のリア・パーセルは、クィーンズランドの出身で、ゴア、グンガリ、ワカワカムリの先住民である。プロの俳優としてのキャリアは、一九九三年に、先住民初のミュージカルと言われるジミー・チャイ作『ブラン・ニュー・デイ』に出演したことから始まり、舞台、テレビ、映画でたくさんの作品に出演している、もっともよく知られた先住民俳優の一人である。演劇ではウェズリー・イノック作『クッキーズ・テーブル』オーストラリア初演の主演を務め、また本書収録の『パラマタ・ガールズ』の初演では、マーリーン役を演じた。映画では『ランタナ』『サマーソルト』など映画史上の重要作に出演、テレビドラマでは『レッドファーン・ナウ』『ポリス・レスキュー』『ウェントワース』などの人気作品の出演がよく知られている。

演出家としては、二〇一五年にベルボア・ストリート劇場で、ルイ・ナウラ作『レイディアンス』を、長女クレシー役を演じつつ演出した。また作家としては、一九九七年に、スコット・ランキンとの共作で自身の半生を語ったパーセルの独り芝居『ボックス・ザ・ポニー』が高く評価され、オーストラリアはもとより英国エディンバラ芸術祭やロンドンのバービカンセンターでも上演された。二〇〇一年からの『黒人の娘たちの語り』*Black Chicks Talking* はクロスジャンルのプロジェクトで、ドキュメンタリー映画、本、舞台にもなった。パーセルが、女優デボラ・メイルマン、映画監督レイチェル・パーキンズを始め、様々な世界で活躍する九人の同世代のアボリジナル女性にインタビューをして彼女たちの半生を振り返るものであった。

パーセルの最新作は作・演出・制作もつとめた『あなたなの?ルーシー』で、二〇二三年一二月に、ブリスベンのQPAC・クレモーン劇場で初演された。同化政策で「盗まれた」ことにより二七年間引き離された先住民の母と娘の、真実の物語を描いた本(ルース・ヘガーティ著)をパーセルが舞台化したものである。

■『パラマタ・ガールズ』

本作は、二〇〇四年から〇五年にかけてのリーディング上演を経て、二〇〇七年三月一七日にシドニーのベルボア・ストリート劇場で、ウェズリー・イノック演出により初演された。キャストは、リア・パーセル(マーリーン)、キャロル・スキナー(ジュディ)、ジャネット・クローニン(メラニー)、ヴァレリー・ベイダー(リネット)、リサ・フラナガン(ケリー)、アニー・バイロン(ゲイル)、ジェネヴィヴ・ヘグニー(マリー)、ロクサン・マクドナルド(コーラル)。

二〇一一年にシドニーのニューシアターにて再演後、さらに二〇一四年には物語の舞台であるパラマタの、レノックス劇場でも上演された。この上演では、名高いポップ歌手でもあるクリスティーン・アヌーがコーラルを演じた。

作者のアラーナ・ヴァレンタインは、一九六一年に生まれてシドニー大学に学んだ。バーベイタム戯曲の名手として、インタビューなどを通して現実の人々の言葉を再構築して書かれたテクストはリアリティと社会的・政治的意味をはらむ。一九九六年の二人の若きスイマーを描いた『スイミング・ザ・グローブ』*Swimming the Globe*、二〇〇四年の『ラン・ラビット・ラン』ではシドニーにある実在のラグビー・リーグの実在するクラブを取り上げるなど、スポーツに関する戯曲がある一方、二〇一〇年の『シャファナとサリナおばさん:ソフト・レボリューション』*Shafana and Aunt Sarrinah: Soft Revolution* は、アレックス・ブーゾの一九六〇年代末の古典的戯曲『ノームとアーメッド』(オーストラリア演劇叢書第二巻収録)のテーマを、現代に再構築する意図を持って書かれた作品である。


『家畜追いの妻』『パラマタ・ガールズ』に共通するのは、両作品が、女性に対する差別とは何かを明快に描き出している点である。両作品はそれぞれ、一九世紀のオーストラリアのブッシュ、一九六〇年代のオーストラリアの女子救護院を舞台にはしているが、多くのことが現代において無視することの出来ないものになっている。ブッシュで男性から見下げられていた女性の地位は、家畜追いの妻に加えられる日常的な家庭内暴力や、過酷な性暴力に表れている。女子救護院という公的な位置づけの施設でも、格差・力の不均衡を利用した、少女たちへの性的搾取が行われていたことが描かれる。その中には、親や大人たちからの虐待を受けた子供が親になったとき、その子供にどう接して良いか分からず同じ事を繰り返してしまうエピソードもある。このような問題は、私たちの社会において急速に光を当てられるようになった。数年前には、例え人権問題に対して意識が高い人でも見過ごしてしまっていたことが、白日の下にさらされるようになった。逆に言えばそれ以前には、私たちはこのような問題を見過ごすことで、女性に対する構造的な差別に加担してしまっていたとも言える。両作品はそれぞれ、一七年前、八年前にはオーストラリアで世に問われていた。ようやく差別の存在に社会が目覚め始めた日本においても、今からでも上演され多くの人の眼に触れて欲しい作品たちである。

The Drover's Wife was first produced by Belvoir in association with Oombarra Productions at Belvoir St Theatre, Sydney, on 21 September 2016, with the following cast:

DROVER'S WIFE Leah Purcell
YADAKA Mark Coles Smith
DANNY Will McDonald
MERCHANT / LESLIE / MCPHARLEN Benedict Hardie
MCNEALY / PARSEN Tony Cogin
Director, Leticia Cáceres
Set Designer, Stephen Curtis
Costume Designer, Tess Schofield
Lighting Designer, Verity Hampson
Composer / Sound Designer, THE SWEATS
Dramaturg, Anthea Williams
Movement Director, Scott Witt
Traditional Movement and Language Consultant / Spear Maker, Sean Choolburra
Dialect Coach, Jennifer White
Prop Maker, Alexi Creecy
Production Manager, Michele Bauer
Stage Manager, Isabella Kerdijk
Assistant Stage Manager, Keiren Smith

Parramatta Girls was first produced by Company B at the Belvoir Street Theatre, Sydney, on 17 March 2007, with the following cast:

LYNETTE Valerie Bader
GAYLE Annie Byron
MELANIE Jeanette Cronin
KERRY Lisa Flanagan
MAREE Genevieve Hegney
CORAL Roxanne McDonald
MARLENE Leah Purcell
JUDI Carole Skinner
Director, Wesley Enoch
Set Designer, Ralph Myers
Costume Designer, Alice Babidge
Lighting Designer, Rachel Burke
Sound Designer, Steve Francis

The Drover's Wife first published in 2016; *Parramatta Girls* first published in 2007.
Both plays first published by Currency Press Pty Ltd,
PO Box 2287, Strawberry Hills, NSW 2012 Australia
Email: enquiries@currency.com.au
Website: www.currency.com.au

訳者
佐和田敬司（さわだ・けいじ）
豪マッコーリー大学大学院批評文化研究専攻博士課程修了、PhD。
早稲田大学教授。第10回湯浅芳子賞受賞。
著書:『オーストラリア先住民とパフォーマンス』（東京大学出版会）、『現代演劇と文化の混淆：オーストラリア先住民演劇と日本の翻訳劇との出会い』（早稲田大学出版部）、『オーストラリア映画史：映し出された社会・文化・文学』（オセアニア出版社）他多数。

家畜追いの妻　　パラマタ・ガールズ
オーストラリア演劇叢書16巻

2024年2月15日　初版発行
著者　リア・パーセル　アラーナ・ヴァレンタイン
訳者　佐和田敬司

発行者　樽井麻紀
発行所　オセアニア出版社
郵便番号 233-0013 横浜市港南区丸山台 2-41-36
電話 045-845-6466　Fax 0120-388-533
e-mail: oceania@ro.bekkoame.ne.jp
ISBN978-4-87203-120-1 C0374